Luna Renegada (libro 3)

Luna Renegada (libro 3)

J.N. Chaney

Luna Renegada
Libro 3

Traducción de Estíbaliz Montero Iniesta

Luna Renegada - Libro 3

Translated by Estíbaliz Montero Iniesta

Original title: *Renegade Moon*

Original language: English

Copyright © 2017, 2022 J.N. Chaney and SAGA Egmont

All rights reserved

ISBN: 978-1-0394-6052-2

1st edition

www.podiumentertainment.com

Para Dustin; gracias por todas esas noches
de jugar hasta tarde.

Luna Renegada (libro 3)

Capítulo 1

—¿Estás segura de que podrás soportarlo? —pregunté, empuñando un bastón de entrenamiento en el centro de una gran sala.

Abigail me miró de forma extraña, como si estuviera loco por pensar que podría vencerla en un uno contra uno.

—He sido yo la que te ha invitado a bajar aquí —respondió mientras hacía girar su bastón—. ¿Es que te falla la memoria?

—Solo estaba siendo cortés, por si te lo estabas replanteando —le dije.

—¿Yo? ¿Y qué pasa contigo?

—No te preocupes por mí, hermana —contesté con una sonrisita.

Abby frunció el ceño.

—Sabes que ya no soy monja, ¿verdad?

—La que fue monja, siempre será monja —dije. Ella levantó su bastón y una pequeña chispa se encendió en uno de los extremos. Estábamos usando armas electrificadas para poner a prueba la resistencia de los escudos personales. Aunque siguiera siendo peligrosa, era una alternativa más segura que los disparos reales.

Abigail flexionó las rodillas y adoptó una postura de pelea antes de dedicarme un leve asentimiento.

Sonreí.

—De acuerdo —dije, accionando el interruptor de mi propio bastón. De los extremos saltaron chispas.

De inmediato, eché a correr hacia delante mientras con el bastón llevaba a cabo un barrido bajo que tenía por objetivo sus piernas.

Ella bloqueó mi ataque, empujó el bastón a un lado con el suyo propio, y luego giró y logró golpearme en el hombro.

—Escudo al noventa y ocho por ciento —susurró una voz en mi oído. Era la de Atenea, el ente cognitivo a cargo de Titán, nuestra ubicación actual.

—Mierda —murmuré al fijarme en el parpadeo azul del escudo que apareció sobre mi cuerpo.

—Parece que el escudo funciona —dijo Abigail, dando un paso hacia mí de nuevo e intentando golpearme con el bastón en el pecho.

Desvié su golpe, pero a duras penas esquivé las chispas eléctricas que cayeron a centímetros de mi escudo. Con Abigail desequilibrada, aproveché para atizarle otro mamporro.

Se apartó de en medio, pero no le di tiempo para pasar a la ofensiva. Volví a atacar por abajo, a sabiendas de que bloquearía el golpe, y levanté su bastón con el mío mientras lo sostenía horizontalmente por delante del pecho.

Luego empujé con mi bastón hacia delante, traspasé su guardia y le di de lleno en el pecho.

Las chispas chocaron con el escudo cuando un tenue resplandor azul apareció a su alrededor.

—Maldita sea —espetó—. Noventa y seis por ciento restante.

—Un dos por ciento más que tu golpe —afirmé, guiñándole un ojo—. Debe de ser mi fuerza masculina.

—Eres un idiota —me increpó fulminándome con la mirada.

Ignoré sus más que evidentes celos.

—Esto hace que me plantee cuántas balas puede soportar esta cosa.

Ella asintió.

—¿Deberíamos continuar hasta agotar los escudos? Luego podemos probar con munición si quieres.

Respondí con una estocada directa a la cara. La bloqueó y después me golpeó en la pierna a toda velocidad.

—Escudo al noventa y seis por ciento —escuché decir a Atenea.

Empujé su bastón para alejarla, buscando atacarla por el centro, pero me esquivó.

Abby adelantó la pierna, gesto que delataba su próximo movimiento, así que me preparé para ello. Cuando se abalanzó, aparté su bastón, la agarré del brazo y la hice girar para que cayera sobre mi pierna.

A su vez, ella me agarró de la muñeca y tiró de mí para que también cayera al suelo. En mitad de la confusión, solté mi arma.

Abby se las arregló para sentarse sobre mí y sostener el bastón contra mi cuello, a punto de presionar hacia abajo. Agarré su arma y empujé, pero esta descendió unos centímetros y provocó que el escudo parpadeara cuando la madera chocó con la luz dura.

—Escudo al setenta y seis por ciento —dijo la voz en mi oído.

—¿Quieres rendirte ya? —preguntó Abigail.

El bastón siguió presionando contra el escudo, creando chispas, así que dejé de empujar hacia arriba y comencé a empujar hacia los lados, dejando que el bastón cayera hacia el suelo. Aterrizó junto a mi cabeza con un fuerte *clonc*.

Abigail cayó hacia delante con él, lo cual me dio la oportunidad de agarrarla por la cintura y darle la vuelta. Ambos rodamos hasta que ella quedó debajo de mí, el bastón a nuestro lado y su cuerpo entre mis rodillas.

Intentó levantarse, pero le agarré las manos y se las sujeté por encima de la cabeza.

—¿Quieres rendirte ya? —pregunté, haciéndome eco de su pregunta anterior.

—¡Mierda! —gritó, retorciéndose mientras intentaba librarse de mi llave—. ¡Ya te tenía!

—Ya te he inmovilizado dos veces —dije, a meros centímetros de su cara.

—Si te refieres a cuando nos conocimos, esa no cuenta. Por si lo has olvidado, llevaba el hábito puesto —replicó.

—De acuerdo, pero de todas formas seguimos estando uno a cero. —Me puse en pie de un salto y le ofrecí la mano—. ¿Al mejor de tres?

—Trato hecho —aceptó, agarrándome de la muñeca—. Pero no volveré a perder.

Mientras recorría el camino de vuelta desde el área de entrenamiento, no pude evitar fijarme en el gran tamaño de aquella megaestructura a la que había llegado a llamar «hogar». Lo más probable era que la estación pudiera acomodar a varios miles de naves del tamaño de la Estrella Renegada en su interior, aunque no podía estar seguro.

Llevaba allí casi tres días, pero hasta el momento no había tenido la oportunidad de explorar a fondo aquel lugar. Era inmenso y estaba vacío, pero aun así rebosaba pasadizos y secretos. Me pregunté cómo de grande sería el botín que conseguiría si tuviera suficiente tiempo para investigar.

Solté una risita disimulada cuando crucé un arco abierto hacia otro pasillo. Aquel tenía un jardín que bordeaba las paredes. Había diversas especies de flores de todos los colores y formas, hierbas y plantas. Aportaba un poco de vida al diseño espartano, algo que, por lo general, parecía faltar en otras zonas de Titán.

—Capitán —dijo una voz desde arriba. Al instante, Atenea se manifestó frente a mí, pillándome totalmente por sorpresa.

—Por Dios —exclamé, interponiendo la mano entre nosotros—. Avisa antes de aparecer delante de alguien de esa manera.

—Mis disculpas —respondió con una ligera inclinación de cabeza—. Aunque he dicho «capitán».

Hice una pausa. ¿Acaso el elegante programa informático…, no, el ente cognitivo, acababa de hablarme con descaro?

—Dime lo que quieres de una vez, Atenea.

Esbozó una sonrisa agradable.

—Sí, señor. Quería hacerle saber que he restaurado el acceso al puente de mando y preferiría que nos reuniéramos allí.

—Ahora no —contesté mientras me abanicaba con la mano—. Necesito darme una ducha.

—Entendido. Cuando usted pueda, capitán.

Desapareció por completo de la vista.

Seguí mi camino y, a medida que me acercaba a la siguiente curva del pasillo, oí risas más adelante.

Lex, como de costumbre, estaba jugando en el jardín junto adonde se sentaba Freddie, que leía en su tablilla.

—¡Señor Hughes! —me llamó la niña cuando me vio.

—Hola, niña —la saludé con un asentimiento de cabeza.

Freddie levantó la mirada y sonrió.

—¿Ya has vuelto de entrenar con la hermana Abigail? ¿Cómo han ido las pruebas?

—Los escudos son buenos, pero tienen un límite. Solo podemos recibir una cantidad limitada de impactos antes de que se les agote la batería. —Me crucé de brazos—. También le he hecho morder el polvo, por si te lo estabas preguntando.

—¡Es impresionante! Abby es una luchadora increíble —dijo, con una expresión de asombro genuino.

Lex levantó un montón de tierra.

—Señor Hughes, ¿quieres jugar con las flores?

—Pues no me apetece demasiado —dije mientras echaba a andar de nuevo—. Pero tú diviértete, niña.

—¡Gracias, señor Hughes! —respondió ella, mucho más emocionada con las flores y la tierra de lo que cualquiera estaría.

Después de dejarlos atrás, me dirigí a la pista de aterrizaje, donde me esperaba mi nave, la Estrella Renegada.

En el interior no quedaba nadie, no desde que los demás se habían mudado a Titán. Toda mi tripulación había ocupado habitaciones más espaciosas y lujosas que las que tenían en la nave. No podía culparlos. Dejando de lado a Abigail y Lex, ninguno de ellos tenía que seguir compartiendo habitación. Todos querían estar a sus anchas y relajarse, para variar, lo cual era natural, pero yo me veía incapaz de hacer lo mismo. Tenía que quedarme cerca de mi nave, por si acaso.

—Bienvenido de nuevo, señor —me saludó Sigmond cuando entré en el salón. Su voz me llegó a través del sistema de altavoces.

—Me alegro de estar de vuelta —murmuré mientras me iba directo a mi habitación.

—¿Hay algo que pueda hacer por usted, señor?

Me quité la camisa.

—Prepara la ducha, ¿quieres? Estoy exhausto.

Me coloqué bajo el agua humeante mientras esta me caía sobre el cuero cabelludo y me corría por el cuello y el pecho. Me enjaboné el pelo con un poco de champú y cerré los ojos bajo el chorro de agua caliente. En las últimas semanas había pasado de ser un contrabandista y ladrón renegado solitario a un fugitivo en una megaestructura antigua en busca de una mítica Tierra perdida, perseguido en todo momento por dos ejércitos diferentes que anteriormente habían sido enemigos pero que de alguna manera se las habían apañado para unirse contra mí.

Si las cosas seguían complicándose, lo más seguro era que tuviera que emborracharme.

En realidad, ahora que lo pensaba, tampoco parecía una idea terrible.

Giré la válvula de la ducha y procedí a usar el secador. Cuando me vestí, llevé mi satisfecho cuerpo al salón y me serví una copa de whisky. Luego me senté en el sofá y apoyé los pies en una mesita cercana.

Después de pegar un sorbo y reclinarme en el sofá, dejé escapar un largo suspiro.

—Aaahhh —dije—. Cómo lo echaba de menos.

—Capitán Hughes —pronunció Atenea. Su voz venía de todas las direcciones, como si estuviera en todas partes. Eso lo conseguía gracias al artefacto que habíamos llevado con nosotros, un viejo dispositivo de comunicación conocido como llave en mano. Tenía la intención de sacar aquel maldito cacharro de mi nave, pero no dejaba de olvidárseme.

—Capitán Hughes, por favor, responda.

—¿Qué quieres? —pregunté.

—Saldremos del desliespacio en quince minutos. Se solicita su presencia en el puente de mando.

—¿Para qué? ¿Acaso no has estado manejando por tu cuenta esta bola gigante durante dos mil años? ¿Para qué me necesitas?

—Creo que sería mejor mostrárselo, capitán. Lo veré en breve.

—¿Has oído eso, Siggy? No me dejan ni descansar —me quejé, levantando las manos en un gesto de frustración.

—Una lástima, señor —me respondió la IA.

—¿Sabes, Siggy? —dije mientras me ponía de pie—. A veces desearía que volviéramos a estar solos tú y yo, viviendo la buena vida. Tanta responsabilidad me está matando.

—¿Debo encender los motores y establecer un rumbo, señor? —preguntó Sigmond.

Hice una pausa y me lo pensé un momento.

—No, mejor no —decidí al final—. Veamos adónde nos lleva todo esto.

—Como desee, señor. Haré lo que me mande.

Atravesé la compuerta de la nave y salí a la plataforma de aterrizaje.

—No esperaba menos, Siggy.

CAPÍTULO 2

—BIENVENIDO, CAPITÁN —DIJO Atenea, que ya estaba en su forma de luz dura cerca de un gran monitor que se extendía lo largo de la pared del fondo.

Abigail también estaba allí, con un traje limpio y el pelo recogido.

—Impresionante, ¿verdad, Jace?

—Hola a las dos —saludé, echando un vistazo alrededor. El puente de mando era más pequeño de lo que uno habría imaginado de una nave tan grande como Titán, pero aun así era bastante grande. El techo se elevaba hasta unos diez metros de altura y había suficiente espacio para albergar lo que debían de ser tres docenas de estaciones de trabajo.

No es que nadie las hubiera usado. Toda aquella nave estaba vacía, excepto por mi tripulación y yo mismo. Era demasiado espacio para solo ocho personas.

¿De verdad mi tripulación contaba ya con ocho personas? En realidad, todavía no me había detenido a considerar si Camilla y su padre, Bolin, formaban parte de ella. Supuse que sí, ya que estaban allí. ¿Dónde más podrían ir si no? Lo único que harían los sarkonianos y la Unión sería perseguirlos e intentar usarlos en mi contra, como ya habían hecho en el pasado.

No, tenía que cargar con esos dos, de igual forma que tenía que hacerlo con Abigail, Lex, Freddie, Hitchens y Octavia.

Sonreí. Quién iba a imaginárselo. Había elegido una profesión solitaria y había conseguido una tripulación entera.

—Me temo que no todos los sistemas están restaurados completamente —dijo Atenea.

—Para serte sincera, me sorprende que esta nave siga en pie después de… ¿cuánto tiempo dijiste? —preguntó Abigail.

—Aproximadamente dos mil años —respondió el ente cognitivo.

Silbé.

—Eso es mucho tiempo.

—¿Había muchos pasajeros? —preguntó Abigail.

—Sí —respondió Atenea—. De hecho, albergué a más de un millón de habitantes.

—¿Un millón? —cuestioné, boquiabierto—. Imposible.

—En efecto, capitán. Hubo una época en la que esta nave estuvo bastante animada. Por supuesto, no era sostenible albergar semejante población de forma indefinida. Una vez que el núcleo de energía se agotó, no tuvimos otra opción que detenernos y comenzar el proceso de recarga de combustible.

—¿A dónde se fue toda esa gente? —preguntó Abigail.

—A colonizar —respondió—. Se expandieron hacia nuevos mundos. A lo largo de los siglos, crearon asentamientos y colonias.

—¿Nadie se quedó aquí? —pregunté.

—En ese momento era imposible. La nave había perdido potencia. Se llevaron a cabo varios intentos para que nuestros sistemas volvieran a estar operativos, pero la única solución viable requería la transferencia de energía a largo plazo desde una fuente sin procesar. —Hizo un gesto con la mano hacia la pared más cercana y, de repente, se iluminó una pantalla que mostraba la superficie del planeta donde habíamos encontrado la luna hacía solo unos días. Reconocí la torre y el edificio circular a su alrededor, excepto que, en la imagen, todo estaba intacto—. Han visto esto antes, ¿no?

—Sí, casi nos mata —respondí.

—Esto no es más que la cima de una estructura subterránea conocida como enclave de energía. Su propósito es reunir energía térmica y nuclear para reabastecer la energía de emergencia de Titán. Un grupo de científicos y trabajadores se quedó atrás durante la colonización para revivir nuestros sistemas. Ellos construyeron esas estructuras. Lamentablemente, el proceso de activación nunca se llevó a cabo. —Me sonrió—. Hasta que llegaron ustedes.

—En otras palabras, te dejaron aquí para que te pudrieras —le dije.

—Jace, no seas grosero —afirmó Abigail, lanzándome una mirada que sugería que sería mejor que me anduviera con cuidado.

La ignoré.

—Esa gente se tomó la molestia de construir esta gigantesca monstruosidad del tamaño de una luna solo para dejarla atrás cuando las cosas se pusieron demasiado difíciles. Parece un desperdicio, ¿no crees?

Atenea no dijo nada, lo que me hizo saber que tenía razón.

—Por favor, capitán, aunque agradezco sus palabras, debo asegurarle que no me abandonaron —afirmó Atenea—. Al contrario, mi misión era llevar a los colonos a sus mundos designados, donde pudieran prosperar y crecer. No pude hacerlo, aunque me alegra saber que al final la misión fue un éxito.

A su espalda, la pantalla parpadeó, mostrando el túnel de acceso, y la imagen se congeló un instante. Las placas de la pared se convirtieron en pantallas, lo que nos permitió ver el exterior de la nave. Todo eran remolinos verdes, como solía ser el caso en el desliespacio, y los relámpagos impactaban contra los distantes lados del túnel.

—Saliendo del desliespacio —dijo Atenea, volviendo a moverse por fin.

Una grieta se formó ante nosotros, cortando el túnel en dos y revelando el oscuro vacío del espacio normal. Titán la atravesó y dejó atrás el desliespacio. Al instante, pude ver la estrella más cercana, una enana blanca.

Atenea me miró.

—Capitán, por eso le he pedido que se reuniera aquí conmigo. Tenemos un problema relacionado con nuestras reservas de combustible.

—¿Qué tipo de problema? —preguntó otra voz detrás de mí. Me giré y vi a Freddie junto a la puerta.

—¿Qué estás haciendo aquí? —quiso saber Abigail.

—Quería preguntarle algo a Atenea, pero puede esperar —dijo. Me volví hacia Atenea.

—Ya has oído. Cuéntanos cómo están las cosas.

El ente cognitivo asintió.

—El núcleo de combustible de Titán se basa en el tritio, un compuesto extremadamente raro y difícil de fabricar. Por ese motivo, Titán fue equipado con varios sistemas de reserva alternativos, incluido el solar. Si vamos a continuar nuestro viaje a la Tierra, necesitaremos recargar combustible con frecuencia, debido a los requisitos de consumo de los viajes a través del desliespacio.

—¿Con qué frecuencia? —preguntó Freddy.

—Por cada hora de viaje a través del desliespacio, necesitaremos seis horas de reabastecimiento de combustible —explicó Atenea.

Resoplé.

—¿Me tomas el pelo? ¿Por qué narices no puedes usar un generador desliespacial normal?

—Titán crea sus propios túneles —contestó Atenea—. Hacerlo requiere una gran cantidad de energía. Podríamos atravesar túneles preexistentes, por supuesto, pero en la actualidad no estamos cerca de ninguna ruta establecida.

—¿No estamos cerca de ningún túnel? —pregunté.

—Cuando escapamos de sus perseguidores… El general Marcus Brigham y los sarkonianos, ¿verdad?

Asentí.

—Una panda de malnacidos.

—Por supuesto —continuó—. Cuando abrimos un túnel nuevo, este nos sacó de la red previamente establecida. Tendremos que recalcular nuestra ruta si en el futuro planeamos utilizar los túneles preexistentes. La alternativa es el reabastecimiento constante de combustible.

—Si seguimos recargando combustible, ¿cuánto tiempo tardaríamos en llegar a la Tierra? —preguntó Freddy.

Se quedó inmóvil un segundo y luego parpadeó.

—Veintiséis años, cinco meses y veintitrés días.

—Joder —murmuré—. Supongo que no es una opción.

—Sí lo es —me corrigió—. Sin embargo, envejecerán mucho.

Freddie tragó saliva.

—Yo llegaría con más de cincuenta.

Lo miré.

—Correcto, así que queda descartado. ¿Has dicho que la única otra opción es usar la red de túneles existente?

Ella pasó un dedo por la pared y esta cambió para mostrar un único punto azul en el centro.

—Esta es nuestra posición actual —dijo.

Surgieron otros puntos alrededor del azul. Un momento después, aparecieron varios miles más, creando lo que enseguida identifiqué como una galaxia.

—Se habrán dado cuenta de dónde estamos, pero observen— dijo, chasqueando los dedos.

Se formó una línea que tomó nuestro punto azul como punto de partida y se alargó hasta conectar con otro punto amarillo, luego otro. Después se bifurcó en tres y continuó avanzando en múltiples direcciones.

—La red crece y se rompe en varios puntos, pero, por lo general, hay una línea que lo conecta todo de una forma u otra. Parece complicado, pero observen. —Volvió a chasquear los dedos y, esta vez, apareció una única línea azul que comenzaba con nuestra posición y terminaba en algún lugar al otro lado de la galaxia. Zigzagueaba en varias direcciones, pero nunca se rompía—. Ahora el problema es, por supuesto, cuánto tiempo nos llevará. Incluso con esta ruta en particular, el tiempo de vuelo seguirá siendo bastante largo.

—Pero no serán veintiséis años —dijo Freddie.

—Correcto. Este camino es mucho más corto, requiere sesenta y siete túneles y más de cinco años de viaje.

—¿Cinco años? —pregunté, sin ocultar mi frustración—. No estoy seguro de poder soportar el estar apiñados en esta luna tanto tiempo.

Ella asintió.

—Entiendo que no es lo ideal, por eso he preparado una tercera solución, si desea escucharla. Debo decir, sin embargo, que es más peligrosa que las otras dos.

—Oigámosla. Me gusta conocer todas mis opciones antes de comprometerme con algo.

Realizó un movimiento rápido con la muñeca, lo que provocó que la pantalla hiciera zoom en una parte de la galaxia, una zona atravesada por la línea azul.

—Hay un planeta, no muy lejos de nuestra ubicación actual, que creo que contiene otro núcleo de tritio.

—Deberías haber empezado por ahí —le dije—. Podría haberme ahorrado estos diez minutos y haberlos empleado en dormir y beber.

—Mis disculpas —indicó ella—. Hay un problema con la ubicación, motivo por el que he esperado para brindar esta opción.

—¿Qué le pasa? —preguntó Freddy.

—El mapa que me proporcionaron me ha permitido analizar las fronteras de los diversos organismos gubernamentales. Según esa información, parece que este planeta existe dentro del territorio de la Unión, lo cual dificulta el acceso a él.

Suspiré.

—Por eso no me lo has dicho de inmediato.

—Correcto. También creo que el planeta ha sido colonizado, lo que significa que el núcleo puede ser difícil de conseguir.

—¿Cómo se llama el planeta? —preguntó Freddie.

—Se desconoce —dijo Atenea—. No había mucha información en los medios proporcionados, aparte de la ubicación.

—¿Ninguna en absoluto? —preguntó Freddy—. Eso es poco habitual. ¿No te parece, capitán? ¿Habías visto antes algo así?

—He visto naves secretas y bases militares en lunas que no deberían estar ahí, pero nunca un planeta sin nombre. —Me giré hacia Atenea—. Así que nuestras opciones son veintiséis años de reabastecimiento de combustible intermitente, cinco años de seguir la red de túneles del desliespacio o robar un núcleo nuevo del territorio de la Unión. Por si os interesa mi opinión, son tres escenarios pésimos.

Freddie asintió.

—No creo que valga la pena correr el riesgo de atacar una colonia. De momento nos hemos librado tanto de la Unión como de los sarkonianos. Les resultará difícil darnos alcance si seguimos adelante.

—Posiblemente —afirmó Atenea.

—¿Posiblemente? —repetí—. ¿Qué significa eso?

—Los túneles que abrimos permanecen accesibles para otros una vez creados —explicó.

Enarqué una ceja.

—Repite eso. ¿Acabas de decir que los túneles no se cierran detrás de nosotros?

—Un segundo, ¿eso significa que la Unión podría estar siguiéndonos? —preguntó Freddy.

—Si sus perseguidores deciden continuar tras nosotros, será imposible sacarles ventaja de forma indefinida. Nuestro nivel de desgaste es demasiado elevado —explicó Atenea.

—¿Y todo porque tendremos que detenernos constantemente para conseguir combustible? —pregunté.

—Correcto —corroboró Atenea—. Usar la red de túneles existente nos permitirá conservar una gran parte de ese combustible, pero no todo. En algún momento, tendremos que detenernos de nuevo y, cuando eso suceda, no podré garantizar nuestra seguridad.

—¿Has detectado alguna nave detrás de nosotros? —pregunté.

—Ninguna hasta ahora —me aseguró—. Sin embargo, eso podría cambiar en cualquier momento.

Traté de sopesar las opciones, pero todas parecían demasiado arriesgadas. Si continuábamos, nos arriesgábamos a que la Unión nos encontrara. Después de eso, sería cuestión de suerte ver si las reservas de energía de Titán permitían usar los escudos.

—¿Qué debemos hacer, capitán? —preguntó Freddy.

—Reúne a la tripulación —le ordené—. Tendremos que resolver esto juntos antes de tomar una decisión. Di a todos que se reúnan conmigo en la sala de conferencias.

Capítulo 3

En lugar de ir directo hacia allí, decidí hacer una parada rápida en la habitación de Alphonse. Si alguien podía ayudarme a hacerme una idea de cómo pensaba la Unión, sería un condestable.

—Ah, capitán Hughes —dijo Alphonse cuando vio que se abría la puerta. Estaba sentado en su cama, leyendo de una tablilla. Octavia le había proporcionado una biblioteca digital de más de seis mil libros. Un gesto amable que yo no habría tenido, pero había impedido que secuestraran a Lex, así que puede que le debiéramos algo.

Todavía no estaba seguro de lo que sentía hacia Alphonse. Aún no. Existía una gran posibilidad de que estuviera jugando con todos nosotros, de que matar a Docker para salvar a Lex fuera un espectáculo y de que al final encontrara una manera de quitarnos a todos de en medio. Puede que otra persona me tomara por paranoico, pero, cuando eres un renegado, pensar de esta forma te mantiene con vida. A mí me había funcionado hasta el momento.

—Condestable —dije con una mano sobre la pistola que llevaba en la cadera. Cerré la puerta detrás de mí sin apartar la vista de él—. He venido para charlar un poco.

—Me pareció que era una posibilidad, dada nuestra última conversación —contestó mientras dejaba a un lado la tablilla.

—Lamento interrumpir tu lectura. —No me acerqué más, mantuve la distancia y permanecí cerca de la puerta. Por lo que había oído, los condestables eran rápidos y letales. No había conocido a ninguno antes de Alphonse, pero no pensaba arriesgarme.

Él sonrió.

—Octavia me ha proporcionado un material de lectura fascinante. Todo es ficción, solo que la mayor parte es… ¿cómo decirlo? —Hizo una pausa, mirando la tablilla—. Supongo que es un poco… erótico.

—¿Erótico? —pregunté.

—A lo mejor creyó que sería divertido —dijo, y su expresión denotaba una diversión genuina—. En cualquier caso, he estado leyendo una de las novelas menos explícitas. Va sobre dos soldados, uno de la Unión y otro sarkoniano, que se enamoran, y sus respectivos gobiernos acaban persiguiéndolos. Debo decir que, a pesar de su naturaleza sugerente, la trama política de la historia está bastante bien desarrollada. Sospecho que la escritora, Lucy Valentine, aunque a todas luces se trata de un seudónimo, debe de tener alguna experiencia previa con el trabajo gubernamental.

—Parece que te estás aburriendo —le dije.

—Eso también —me dio la razón con un asentimiento—. Otro motivo más por el que me alegro de verlo.

—Hablando de eso —dije—. Vamos a por qué estoy aquí.

Se inclinó hacia delante.

—Usted dirá.

Miré hacia la esquina de la habitación, donde sabía que había una cámara. Le había pedido a Atenea que nos permitiera usar esa habitación en particular para poder vigilar mejor a Alphonse. Sospechaba que él lo sabía, aunque no podía estar seguro.

Me llevé la mano a la oreja para fingir que estaba hablando a través de un dispositivo de comunicación.

—Atenea, muéstrame el planeta del que hemos hablado antes —dije.

La pared a mi izquierda cambió de inmediato y mostró un planeta con docenas de continentes.

—¿Sabes dónde queda esto? —pregunté, mirando a Alphonse.

Se puso de pie y, con las manos a la espalda, se acercó poco a poco a la pantalla.

—Me resulta familiar. ¿Ubicación?

—Dentro del territorio de la Unión —dije.

Se tocó la barbilla y asintió despacio.

—Ya veo… ¿y el nombre del planeta?

—No figura en ninguna parte —dije—. Pero algo me dice que eso ya lo sabías.

Esbozó una sonrisa.

—Me gusta su fe en mí, capitán.

—Yo no iría tan lejos. Solo espero que un condestable sepa un par de cosas sobre mundos no registrados. ¿Me equivoco?

—Priscilla —dijo, cruzando la pierna—. El nombre del planeta es Priscilla.

Reflexioné sobre eso un momento y llegué a la conclusión de que era un nombre estúpido para un planeta, más bien era el nombre de una niña de tres años con coletas.

—¿Por qué no aparece el nombre en la base de datos? —pregunté.

—Por la misma razón por la que le interesa —dijo Alphonse—. Al menos, esa es mi suposición. Dígame, capitán, ¿busca un artefacto? ¿Se trata de eso?

—¿Qué sabes tú al respecto? —le pregunté.

—No tanto como usted, supongo, pero lo suficiente como para saber que su valor es inestimable.

—No es nada que deba preocuparte —le dije.

Se rio.

—No, supongo que no, dada mi situación actual.

—¿Hay algo más que puedas decirme sobre Priscilla? —pregunté.

—Solo que es mejor permanecer alejado —alertó Alphonse.

—No me digas. Y eso, ¿por qué?

Se aclaró la garganta.

—Primero, hay algo que debe saber.

—¿Ahora vas a contarme una historia, Al? —pregunté.

Sonrió, ignorando mi sarcasmo, y continuó.

—Los condestables, por regla general, reciben más información que cualquier organismo gubernamental de toda la Unión. He visto informes sobre cosas que posiblemente ni pueda imaginar, muchas de las cuales se encuentran en Priscilla, enterradas en bóvedas bajo tierra. Priscilla es el vertedero de la Unión para todos los artefactos exóticos que el Gobierno cree que tienen alguna importancia.

—¿Me estás diciendo que ese planeta es una especie de almacén de la Unión lleno de artefactos de un valor incalculable? —pregunté.

—No exactamente. Hay más cosas de toda la galaxia, no solo reliquias de la Tierra, pero sí, sospecho que encontrará objetos muy valiosos en Priscilla —dijo—. Es decir, si puede ponerles las manos encima sin que lo maten.

—No te preocupes por mí —le respondí.

—Pero sí que me preocupo, capitán, por eso le ofrezco mis servicios, si los necesita —dijo Alphonse.

—Ese es el otro motivo por el que estoy aquí, condestable. Necesito saber hasta dónde puedes acceder —expliqué.

—¿Está preguntando si puedo entrar en las instalaciones en Priscilla? —preguntó.

—En efecto —dije.

—Mi autorización es de nivel diez. Puedo llegar hasta la última planta bajo tierra del laboratorio principal.

—¿No es eso lo más lejos que tenemos que llegar? —pregunté.

Alphonse negó con la cabeza.

—No, no del todo.

—¿Qué más hay? —pregunté.

—Hay una puerta —afirmó—. Una puerta muy grande. Encontrará lo que busca detrás de ella. Solo dos personas tienen acceso. La jefa de investigación y el comandante a cargo de la base. La investigadora es su mejor oportunidad. Por supuesto, todo ello depende de que llegue hasta esa zona.

—¿Crees que no lo conseguiremos? —pregunté.

—Al contrario, capitán. Tengo plena fe en sus capacidades. Es solo que nunca ha tratado de fingir que es un condestable. Le harán una serie de preguntas que no podrá responder. Podrían decidir pasar su cara por la base de datos. —Suspiró—. Y ese es solo su caso. Si lleva a alguno de sus cómplices, no dispondrán de identificación.

«Mierda», pensé. Por cómo hacía que sonara, parecía inevitable que nos cogieran.

—¿Puedo proponer otra solución? —preguntó.

—Depende —contesté—. Si vas a pedir salir de esta celda, me temo que no puedo complacerte.

—Eso será un inconveniente —dijo con el ceño fruncido—. Estaba a punto de decir que el mejor medio a su alcance para recuperar lo que necesita es llevarme con usted.

Solté un resoplido burlón.

—Eso es lo último que se me ocurriría hacer —le espeté.

—Me temo que es su mejor opción —dijo—. El destacamento de seguridad que se reúna con usted querrá verme de pie a su lado. He estado allí antes y conocen mi cara. Al menos, me conoce la jefa de investigación, la doctora Mary Ann Dressler. Siempre existe la posibilidad de que ella no esté allí para recibirlo, pero, dado lo inesperado de su llegada, parece probable que quiera saber por qué está… Por qué estoy yo allí.

Tenía razón, claro, pero no pensaba decírselo. Alphonse era condestable. ¿Cómo iba a confiar en un hombre así, aunque hubiera salvado a Lex de un posible secuestrador? Podría estar escondiendo algo, y estaba seguro de que ese era el caso, pero también tenía que entrar en esa base y llevarme ese núcleo de una forma u otra.

No, no podía hacerlo. No podía entrar a esas instalaciones con un condestable a mi lado.

¿Podía?

—Vete a la mierda, Al —dije, golpeando el botón de la puerta y saliendo al pasillo—. No te dejaré salir de aquí.

—Una lástima —dijo, y luego esbozó una pequeña sonrisa.

La puerta empezó a cerrarse mientras bajaba mi arma, sin dejar de mirarlo.

Cogió su tablilla y pasó un dedo por la pantalla.

—Buena suerte con Priscilla —dijo, recostándose en la cama y cruzando los pies—. Estaré aquí si me necesita.

Capítulo 4

—Es una locura —dijo Octavia. Estaba sentada en su silla al final de la mesa de conferencias.

—¿Qué parte? —pregunté desde el extremo opuesto—. Hay mucha tela que cortar.

Abigail, Hitchens, Freddie y Bolin estaban sentados a ambos lados de la mesa, escuchando con atención.

—La parte en la que has sugerido que entráramos en el espacio de la Unión y robáramos un núcleo de energía de una instalación del Gobierno —respondió ella.

—Ah, eso —dije, haciendo un gesto con la mano para quitarle importancia—. Sí, supongo que el plan es un poco caótico.

—Más que un poco —murmuró Abigail.

—Es la única opción que tenemos, a menos que estéis conformes con lo de estar encerrados en esta nave durante los próximos cinco años, esperando siempre que la Unión no nos alcance —dije.

—Tampoco podemos hacer eso —dijo Freddie.

—Entonces, ¿cuál es el plan? —preguntó Octavia—. ¿Te cuelas en la base y robas el núcleo? ¿Qué pasa con las medidas de seguridad?

—Estás asumiendo que nos pillarán —dije.

—¿No lo harán? —preguntó.

—Lo más probable es que sí —concedí—. Pero no veo otra forma de evitarlo.

—¿Qué pasa con Alphonse? —preguntó Octavia—. Has dicho que se ha ofrecido a ir contigo.

—¡No podemos dejar que lo haga! —dijo Freddy.

—¿Por qué no? —preguntó Octavia.

—¿No es obvio? —cuestionó—. ¡Trabaja para la Unión!

—Ya no. Además, salvó a Lex y ha estado proporcionando información valiosa al capitán Hughes. ¿O es que te has olvidado de lo del campo? —preguntó.

—¿A qué te refieres? —preguntó Freddy.

Me aclaré la garganta.

—Alphonse me contó cómo nos estaba rastreando Brigham. Él es la razón por la que logramos escapar.

—Da igual —intervino Abigail—. No podemos confiar en él. No tenemos ni idea de cuáles son sus verdaderas motivaciones.

Lo pensé por un segundo. Tanto Abigail como Octavia tenían razón. No podíamos confiar en Alphonse, aunque quisiéramos, pero seguíamos necesitándolo. Lo sabía cuando estaba hablando con él en su habitación y lo sabía en aquel momento.

—¿Estás sugiriendo que le pongamos una pistola en la cabeza? —preguntó Freddy.

—¿Por qué no? —preguntó Abigail.

—No creo que te dejen llevar un arma a Priscilla solo para que puedas mantener a Alphonse bajo control —espetó Octavia—. Vas a necesitar un método mejor.

—Puede que haya una forma de evitarlo —dije al final—. Podríamos ponerle una bomba. Si intenta algo… —Levanté el puño y extendí los dedos, imitando una explosión— … adiós al condestable.

Freddie abrió los ojos como platos.

—¿E-en serio?

—¿Tenemos ese tipo de dispositivo? —preguntó Octavia, aparentemente sin inmutarse ante mi morbosa sugerencia.

—Ahí es donde Atenea entra en acción —dije.

—Hola —saludó Atenea, apareciendo de repente detrás de Bolin y Hitchens.

—¡Santo cielo! —exclamó Hitchens, agarrándose el pecho.

—Mis disculpas —dijo el ente cognitivo—. A veces olvido que las apariciones repentinas pueden alarmar a los humanos.

—No te preocupes por eso —señalé, haciendo un gesto con la mano en dirección a Hitchens—. Él está bien. Y bien, Atenea, ¿crees que puedes ayudarnos con Alphonse?

—Su propuesta es posible, aunque peligrosa y muy poco ética —dijo—. Debo admitir que tengo reservas.

—Así son los días normales para nosotros —dije, desenvolviendo un caramelo duro de fresa para luego metérmelo en la boca.

Hitchens torció el morro.

—¿Sería posible usar los rayos tractores para extraer el objeto del interior del complejo?

Atenea frunció el ceño.

—El rayo tractor no puede alcanzar la superficie de un planeta desde el espacio. Tendría que estar mucho más cerca. Además, en estos momentos carecemos de la energía necesaria. También me temo que hacerlo agotaría las pocas reservas de energía que tendremos a nuestra llegada al planeta.

—Es una pena —señaló.

—Lo es —afirmó Atenea.

—Supongo que eso solo nos deja una opción —dije, pasando el pulgar por el lateral de la mesa—. Lo que significa que el siguiente problema es sortear su seguridad. La mayoría de nosotros estamos en la lista de los más buscados de la Unión. Tendremos que encontrar una forma de ocultar nuestras identidades.

—¿Cómo lo hacemos? —preguntó Hitchens.

Negué con la cabeza.

—Ni idea. Por una vez, me he quedado sin soluciones.

—Pueden usar los escudos personales —dijo Atenea.

La sugerencia me pilló por sorpresa.

—¿Los escudos?

—Puedo modificarlos para alterar su apariencia, aunque tendrán que ir con cuidado de no dejar que nadie los toque —planteó el ente cognitivo.

—¿Puedes hacer eso? —preguntó Abby.

La mujer artificial sonrió.

—Necesitaré algo de tiempo para hacer las modificaciones necesarias, pero creo que puedo atender la solicitud.

—Esto es una locura —murmuró Freddie—. Estamos hablando de enviaros allí solos a los dos con un condestable, disfrazados con tecnología antigua, todo para que podáis robar un artefacto de lo que debe de ser una de las bóvedas mejor custodiadas en todo el territorio de la Unión.

—¿A dónde pretendes llegar? —pregunté.

Parpadeó y luego negó con la cabeza.

—Uf. Da igual.

Me encogí un poco de hombros.

—No pasará nada, Fred.

—Qué gran consuelo —dijo.

—¿Cómo podemos estar seguros de que Alphonse dice la verdad? —preguntó Abigail. ¿Qué pasa si bajamos ahí y resulta que ni siquiera puede pasar por la puerta principal?

—Nos las apañaremos —dije, confiando más que de sobra en mi capacidad para salir de una mala situación—. Si las cosas se ponen muy feas, volaremos todo el puñetero edificio por los aires.

—Contigo todo son explosiones —dijo.

—Tú eres la que usó mi cañón cuádruple para abrir un cráter en mitad de Spiketown —repliqué—. ¿O te has olvidado de eso?

Me dedicó una sonrisa irónica.

Bolin, que había estado callado hasta ese momento, se apoyó en la mesa con el codo.

—¿Qué podemos hacer los demás?

—Quedaros en Titán y proteger lo que importa —dije—. Si la misión es un fracaso, entonces pasáis al plan B. Huis y os escondéis.

Todos guardaron silencio un momento mientras mis palabras flotaban en el aire.

—No puedes hacer esto solo —dijo Freddie—. Voy contigo.

Negué con la cabeza.

—No seas ridículo. Cuantas menos personas se arriesguen en esta misión, mejor. Ya nos la estamos jugando siendo dos.

—¿Crees que no puedo ser de utilidad? —preguntó.

—No, solo creo que necesitas más entrenamiento antes de estar listo para algo así. —Miré a Abigail—. ¿No estás de acuerdo?

Ella miró a Freddie y luego asintió.

—Tiene que ser un equipo pequeño. Cuantos menos, mejor.

—Jace tiene razón —murmuró Octavia—. Tenemos que confiar en que estos dos hagan lo que hay que hacer. Siempre lo consiguen.

Abigail levantó la cabeza hacia Atenea.

—¿Podemos echar otro vistazo en ese arsenal tuyo?

—Por supuesto —respondió el ente cognitivo—. Estaré encantada de ayudar.

Me quedé atrás después de la reunión y me fijé en que Freddie se demoraba en una esquina. Parecía estar perdido en sus pensamientos, tenía la mirada clavada en el suelo.

Yo ya sabía la razón. Quería ayudar, igual que le pasaba siempre. Había mejorado desde que nos habíamos conocido, incluso había matado por primera vez, pero no era suficiente para justificar su presencia en aquel tipo de misión. Todavía le quedaba un largo camino por recorrer.

—¿Fred? —dije mientras le tocaba el brazo.

—¿Qué? —respondió, parpadeando—. Uy, lo siento, capitán.

—¿Hay algún problema? —pregunté.

—Solo estoy pensando —afirmó.

—¿En qué?

Dudó al responder.

—En nada importante. Todavía necesito hablar con Atenea sobre una petición que quería hacerle.

—Ah, sí —dije, recordando lo que había dicho cuando me había encontrado con él en el puente de mando—. ¿Todavía no has solucionado eso?

Atenea apareció a mi lado.

—¿Necesita hablar conmigo, Frederick?

Freddie pegó un bote, sorprendido.

—¡Uy!

Me reí.

—Bueno, adelante, pregunta. Está ansiosa por averiguarlo.

—Yo, eh… —comenzó—. Esperaba que tuvieras algo que me ayudara a mejorar mis habilidades, Atenea. Un programa de entrenamiento, si es posible.

—¿Qué tipo de habilidades? —preguntó el ente cognitivo.

—Creo que Freddie quiere que lo ayudes a aprender a matar personas —aclaré.

Freddie abrió mucho los ojos.

—¡Capitán! No quería decir eso.

—Claro que sí —respondí—. No te andes con rodeos. Di lo que quieras decir, chico. Te ahorrará más tiempo del que crees.

—Creo que ya lo entiendo —dijo Atenea—. Frederick, ¿puede reunirse conmigo en la sección 018 de la cubierta 04?

Él asintió a toda velocidad.

—¡Ahora mismo voy!

Ella desapareció

—Muy bien —dijo su voz incorpórea—. Lo veré pronto.

—Me pregunto qué te va a enseñar —añadí, rascándome la oreja.

—Yo también —dijo Freddie. Empezó a irse—. ¡Ya te contaré cómo va!

—Claro —asentí, observando cómo se alejaba por el pasillo—. Pero no hagas nada estúpido.

Capítulo 5

Abigail y yo nos reunimos en la armería, con la esperanza de estar lo más preparados que fuera posible para la misión que teníamos por delante. Ya tenía pensado llevarme algunos escudos personales, pero aún no había tenido tiempo de examinar todo el inventario. Necesitaba prepararme para la posibilidad de que las cosas acabaran en un tiroteo, en caso de que el plan fracasara.

Mierda, ¿a quién quería engañar? Nos dirigíamos a una de las instalaciones mejor protegidas de la Unión. Un simple tiroteo era la menor de mis preocupaciones.

—Vale, Abby —le dije mientras avanzábamos entre dos filas de casilleros—. ¿Qué estamos buscando?

—Armas —contestó—. ¿Qué iba a ser si no?

—No sé qué otra respuesta esperaba —admití—. ¡Atenea! ¿Estás ahí?

La mujer cognitiva apareció unos metros por delante de nosotros.

—Bienvenidos. Tengo algunos artículos reservados para su consideración, si tienen a bien seguirme.

Se dio la vuelta y echó a andar hacia la pared del fondo, en la parte trasera de la habitación. La seguimos y pasamos ante docenas de armarios sellados. Me pregunté qué habría en todos ellos y por qué estábamos pasando de largo.

Decidí esperar y ver qué tenía para nosotros antes de molestarme en hacer preguntas.

Atenea nos llevó a Abby ya mí a una mesa grande con varios artículos cuidadosamente colocados sobre la superficie. Reconocí algunos al instante, incluidos los escudos con los que habíamos entrenado antes. Sin embargo, no había ni rastro de los bastones eléctricos.

—Todos estos artículos han sido elegidos especialmente para ayudarlos en su misión —nos informó—. Hay armas mejores, pero, debido a su biología limitada, no podrán utilizarlas.

—¿Biología limitada? —pregunté.

—Se refiere a que no tenemos las marcas de Lex —dijo Abigail.

«Ah. Claro», pensé. Desde que había llegado a Titán, me había dado cuenta de que no podía interactuar con ciertos dispositivos, incluidas las puertas y los pasillos cerrados. Atenea tenía que dejarme entrar ya veces eso era un problema. No se podía acceder al puente de mando, por ejemplo, sin el permiso de Atenea, aunque Lex no tenía problemas para entrar por su cuenta. Lo mismo ocurría con la armería y con las cubiertas superiores.

—¿Qué tenemos aquí? —pregunté.

—Armas pequeñas y más ligeras —informó Atenea—. Tenemos tanto el AD-619 como el SS-223. Con ambos se pueden realizar disparos únicos y en ráfaga. La munición es de fibra de carbono refinada, lo bastante fuerte como para perforar la mayoría de los metales industriales, mientras que también pasa desapercibida ante la mayoría de dispositivos de escaneo e inspección, aunque baso esa suposición en la base de datos de su nave.

—Así que no estás segura.

—El material utilizado para crear todo este equipo requiere una capacidad de detección avanzada, que no creo que la Unión posea. Sin embargo, dado el apagón de información que rodea al objetivo, no puedo estar segura —explicó Atenea.

—Si las cosas van mal, nos limitaremos a matar a todo el mundo —dijo Abigail.

—Ese es el espíritu —dije, sopesando una pistola. Le di la vuelta en la mano para sentir su peso. Estaba excepcionalmente bien equilibrada, mejor que mi pistola habitual, y la empuñadura era suave y cómoda, como si hubiera sido hecha a medida para mi mano—. No está mal —dije.

—A continuación, los escudos. Están completamente cargados y pueden soportar múltiples impactos directos. Sin embargo, sugiero precaución, ya que se degradarán si se usan demasiado. Además, verán que han sido modificados con identidades alternativas para ayudarlos en la misión.

Abigail recogió el escudo y se lo colocó sobre el hombro. Durante un instante, brilló de un tono verde suave, luego desapareció, mezclándose con su piel. Estaba a punto de preguntar cuándo se suponía que empezaría a funcionar, cuando la cara de Abigail cambió de repente. Sus ojos se volvieron un poco más alargados, su pelo se tornó negro y el color de su piel pasó a ser un poco más oscuro.

Parpadeé, sorprendido por lo drástico que había sido el cambio.

—¿Qué pasa? —me preguntó al fijarse en mi expresión.

Me quedé boquiabierto cuando escuché su voz. Sonaba diferente, más ronca.

—Madre mía —conseguí decir al final.

—¿Qué? —preguntó de nuevo, mirando a Atenea—. ¿Está roto?

Atenea chasqueó los dedos y la pared a su espalda cambió para mostrar el nuevo cuerpo de Abigail.

—Su nuevo diseño, señorita Pryar.

Abigail se quedó boquiabierta ante su nueva apariencia, y luego se miró los brazos y los giró para ver mejor su cuerpo. Flexionó un poco las rodillas para poner a prueba sus caderas y piernas.

—No está mal —decidió.

Agarré el otro escudo y lo eché al hombro.

—Veamos qué me ha tocado a mí —dije.

Vi un breve parpadeo azul ante los ojos, pero no me pareció que pasara nada.

—¿Ha funcionado? —pregunté, mirándome las manos. Tenían un aspecto bastante similar a las mías.

Abigail se tapó la boca, riéndose.

—¿Qué es tan gracioso? —pregunté.

—Estás… diferente —dijo después de un segundo.

—Atenea, déjame verme —pedí.

Atenea volvió a mover los dedos y la pantalla cambió, mostrando a un hombre alto con el pelo blanco y bolsas debajo de los ojos. No, eran arrugas. Era viejo. Demasiado viejo, joder.

Abigail se rio.

—¡Eres un abuelo!

—¡Atenea! —espeté—. ¿Qué es esto?

—Su disfraz —explicó la mujer cognitiva.

—Parece que estoy a punto de desplomarme —dije.

—Considerando que está intentando ocultar tu identidad, ¿no es esta la mejor solución? —preguntó Atenea—. No se parece en nada a su yo normal.

—Tiene razón —dijo Abigail—. Buen trabajo, Atenea.

—Gracias, señorita Pryar —dijo el ente cognitivo con una sonrisa—. Me alegro de que lo apruebe.

—Tengo enemigos en todas partes —dije, sacudiendo la cabeza. Tanteé cerca de mi hombro, localicé el dispositivo y lo apagué. La pantalla detrás de Atenea se apagó justo cuando presioné el botón, y la pared volvió a tener el aspecto de antes—. ¿Qué más hay en la lista? —Examiné la mesa y me fijé en una pequeña caja rectangular—. Parece un regalo.

Atenea quitó la tapa de la caja pequeña y la dejó a unos centímetros de esta. En el interior, vi una pequeña barra de unos treinta centímetros de largo. La sacó de la caja y se la entregó con cuidado a Abigail.

La exmonja la aceptó con curiosidad, pero me di cuenta de que no tenía idea de qué era o de qué hacer con ella.

—Por favor, toque la muesca blanca de la parte inferior —dijo Atenea.

Abigail giró la barra en la mano y encontró el lugar que le indicaba, luego lo tocó con el índice.

Un chisporroteo repentino surgió en el extremo opuesto, sorprendiéndola.

—¡Guau! —exclamó.

—Eh, con cuidado —le dije, dando un paso atrás.

—Sí, tenga cuidado —estuvo de acuerdo Atenea—. Esta es una versión en miniatura del bastón que solicitó esta mañana. Elegí esto porque se puede ocultar con más facilidad. —Se acercó a Abigail y rodeó con los dedos la mitad eléctrica del objeto. Las chispas le atravesaron la mano—. Además, si gira esta parte…

Giró la barra y la soltó, dejando que la otra mitad se extendiera hacia fuera hasta alcanzar toda su longitud.

Abigail se sorprendió tanto que casi la dejó caer.

Con ese tamaño, se parecía a un bastón, de aproximadamente un metro de largo. Seguía siendo más pequeño que el que habíamos usado por la mañana, pero tal vez fuera incluso más útil, considerando que estaríamos en un edificio y tendríamos que maniobrar en espacios más reducidos.

—Le aconsejo extender el dispositivo antes de activar la corriente eléctrica —dijo la mujer cognitiva.

—Ya veo —murmuró Abigail. Levantó el bastón, examinó la luz del otro extremo y luego descargó el arma contra el suelo, dejando escapar un fuerte estallido. Resonó a través de la armería abierta, pillándonos a ambos por sorpresa. Abigail sonrió—. Interesante.

—Me alegro de que lo apruebe —dijo Atenea—. Capitán, ¿debería traer otro para usted?

Miré el bastón y luego negué con la cabeza.

—Siempre prefiero una pistola antes que cualquier otra cosa.

—Tú te lo pierdes—dijo Abigail.

—Una vez que tengamos Titán a plena capacidad, les aseguro que nuestro armamento mejorará mucho —aseguró Atenea—. Esa es solo una de las muchas razones por las que debemos recuperar el núcleo de tritio.

—Creo que podremos conseguirlo —dijo Abigail, apagando la carga eléctrica y comprimiendo el bastón hasta su tamaño normal—. ¿No estás de acuerdo, Jace?

—¿Me estás preguntando si creo que podemos llevar a cabo con éxito un atraco? —pregunté, con una sonrisa ladina—. No se preocupen, señoras. Nací con una ganzúa en la mano. Ese núcleo ya es nuestro.

Aproveché el ascensor para volver a la cubierta donde me esperaba mi nave. En cuanto se abrieron las puertas, escuché a alguien riéndose al final del pasillo.

Era Lex, persiguiendo a la hija de Bolin, Camilla.

—¡No puedes cogerme! —gritó la niña mayor. Se rio cuando Lex la siguió.

Lex soltó una risita cuando las dos vinieron hacia mí y casi chocaron contra mi cadera, pero logré dar un paso a un lado.

—¡Con cuidado! —exclamé.

Lex se detuvo, resoplando y farfullando, casi sin aliento.

—¡Lo siento, señor Hughes!

—¿Os estáis divirtiendo aquí? —pregunté.

—Estamos explorando —dijo Lex.

Miré a Camila.

—¿Ah, sí?

La chica mayor asintió.

—Lex puede llevarnos a todas las habitaciones, así que hemos decidido ver qué más podíamos encontrar.

—Está bien, pero aseguraos de no abandonar esta cubierta —le dije—. Todavía no hemos explorado los pisos superiores ni nada. No puedo permitir que ninguna de los dos entre accidentalmente en una esclusa de aire.

Intercambiaron una mirada.

—¿Una esclusa de aire? —preguntó Camilla, repentinamente aterrorizada.

—Sí, será mejor que tengáis cuidado. Aquí hay zonas que están selladas por una buena razón.

Lex tragó saliva.

—¿De verdad?

—Sí, pero no te preocupes, niña. Limítate a quedarte en esta cubierta y ten cuidado. Camilla cuidará de ti —dije, mirando a la otra chica—. ¿Verdad?

Camilla corrió y tomó la mano de Lex.

—Verdad. No dejaré que te pase nada, Lex. Lo prometo.

Lex sonrió.

Observé cómo echaban a correr de nuevo por el pasillo y tomaban la siguiente curva, en dirección a la cafetería. «Crisis evitada», pensé. Lo último que alguien necesitaba era que esos dos se perdieran, aunque no es que esperara que eso sucediera con Atenea alrededor.

Pero, aun así, solo llevaba allí tres días. Apenas era tiempo suficiente para explorar todos los rincones y grietas.

Por lo que sabía, los tatuajes de Lex podrían conducirla a una bomba con suficiente potencia de fuego para acabar con un planeta pequeño. ¿Quién sabía qué clase de locuras había escondidas en esa luna?

De todos modos, yo ya tenía faena para el día siguiente. Si esperaba estar en mi mejor momento, necesitaría unas copas y un sueño reparador.

Era hora de preocuparse por esas cosas.

Capítulo 6

«Jacey, algún día aprenderás... lo que significa ser un hombre —escuché que decía una voz—. Algún día sabrás... lo que se siente al ser yo...».

Abrí los ojos de golpe y tardé un momento en darme cuenta de dónde estaba, en mi cama. Me pasé el brazo por la frente y la mejilla en un intento de secarme el sudor.

—Dioses —murmuré. Me lamí los labios agrietados y tragué saliva.

Me senté, con la cabeza obnubilada, como si tuviera resaca. Miré hacia la mesa y vi una botella de whisky medio vacía.

«Supongo que eso lo explica todo», pensé.

—Buenos días, señor —dijo Sigmond—. ¿Puedo hacer algo por usted?

—¿Cuál es el estado de Titán en este momento? —pregunté.

—Atenea me ha informado de que casi hemos llegado a nuestro destino —explicó la IA—. Deberíamos estar allí en menos de dos horas.

Me planteé volver a dormir para intentar deshacerme de la resaca, pero decidí no hacerlo. En vez de eso, fui al armarito del baño y saqué una de las pastillas de Polynex que me quedaban. Se utilizaba para combatir los dolores de cabeza y la deshidratación. Me la tomé con dos vasos de agua.

La pastilla surtió efecto cuando estaba en plena ducha. Sentí como si me hubieran aliviado el peso que notaba en el pecho.

Para cuando me vestí, me sentía como una persona nueva.

—Siggy, dile a Octavia que se reúna conmigo en la celda de Alphonse.

—Entendido, señor —contestó Sigmond.

Cogí una barrita de proteínas del armario y la engullí en un tiempo récord, y luego pegué un buen trago de mi jarra de agua. Eso me ayudaría un rato. Mis años como renegado me habían enseñado que nunca había que comer demasiado antes o después de un trabajo. Los nervios impiden asimilar toda la comida y lo último que nadie quiere cuando está metido en una situación peliaguda es vomitar el desayuno.

Ese era el tema en aquel negocio. Cuando la adrenalina entraba en acción, había que estar preparado para ello y tener una rutina ayudaba mucho.

Atravesé a toda velocidad la plataforma de aterrizaje y giré en la esquina del pasillo que llevaba al ascensor. Me monté y fui directo a la cubierta en la que habíamos encerrado a Alphonse.

Para mi sorpresa, Octavia ya estaba allí, esperándome.

—Te has tomado tu tiempo —dijo un segundo después de que se abrieran las puertas del ascensor.

La miré un segundo, preguntándome cómo alguien que iba en silla de ruedas podía moverse tan deprisa.

—Métete en tus asuntos.

—¿Estás preparado para esto? —preguntó, ignorando mi respuesta.

Avancé y me detuve a su lado, justo ante la puerta de Alphonse.

—Siempre estoy preparado —dije, mirando hacia abajo.

—Si intenta algo…

—Lo mataré —aseguré.

—Solo si no se comporta —dijo con un asentimiento.

—Ya veremos —contesté, guiñando un ojo.

Alphonse estaba de pie junto a su cama cuando entré, sin camisa y con la mano de Atenea dentro del estómago.

—Ay —murmuré, mirándolos a ambos—. ¿Qué narices está pasando?

Atenea retiró la mano del abdomen del condestable.

—Lo lamento —se disculpó la mujer cognitiva—. Estaba colocando el dispositivo.

—La bomba —dijo él con naturalidad.

—¿Deduzco que ha ido todo bien? —pregunté.

Alphonse miró a Atenea.

—No estoy seguro. ¿Ha ido bien?

—Tal como solicitó, capitán Hughes —aseguró Atenea.

—Estupendo—dije—. Si intentas algo entre este instante y el momento en el que volvamos a esta habitación, te volaremos en pedazos. ¿Queda claro?

—Sí —dijo.

Enfundé mi pistola, pero no aparté la vista de él mientras íbamos hacia el pasillo. Octavia se quedó sentada en su silla, todavía en la misma posición.

—Condestable —dijo ella con una inclinación de cabeza.

—Señorita Brie —respondió, devolviendo el asentimiento.

—Comportaos los dos —pidió ella.

Coloqué dos dedos en forma de pistola cuando pasé por su lado.

—Disfruta de tu tiempo sentada.

—Muy gracioso —murmuró justo cuando entramos en el ascensor.

Las puertas se cerraron mientras Octavia esbozaba una ligera sonrisa.

Alphonse se apoyó contra la pared mientras subíamos en el ascensor a la cubierta inferior, donde esperaba mi nave.

—Espero que tenga un plan para ocultar su identidad cuando…

—No te preocupes por mí —le dije mientras lo fulminaba con la mirada—. Limítate a no arruinar el plan.

—Si lo arruino, ambos acabaremos muertos —dijo, y luego colocó la mano sobre su estómago—. Yo más que usted, probablemente.

No parecía estar asustado o emocionado, solo tranquilo y sereno, como yo imaginaba que se comportaría un condestable. Estaba claro que Alphonse, a pesar de toda la desconfianza que me suscitaba, estaba a otro nivel.

Llegamos a la cubierta y nos dirigimos a mi nave. Abigail ya estaba dentro, sentada en el sofá con su rifle.

—Ya era hora —dijo cuando me vio. Se puso de pie al instante.

—Lamento haberla hecho esperar —dijo Alphonse.

—No te disculpes con la monja —le dije—. Siggy, prepara los motores. Alphonse, toma asiento.

—Entendido, señor —respondió Sigmond.

—¿Deberíamos esperar algún problema por tu parte? —preguntó Abigail, mirando al condestable.

—No te preocupes por él —le dije—. Ven conmigo a la cabina, Abby.

—¿Vas a dejarlo aquí solo? —preguntó.

—¿Qué va a hacer? —cuestioné—. Si no sigue las órdenes, explotará.

—Y de verdad que no quiero explotar —aseguró Alphonse.

—¿Lo ves? En marcha —dije, cogiéndola de la mano.

Me siguió hasta la parte delantera de la nave y cerré la puerta detrás de nosotros.

—¿Qué ocurre? —preguntó, inclinándose más cerca, como si esperara que le contara un gran secreto.

Me encogí de hombros y me dejé caer en mi silla.

—Nada —respondí, luego metí la mano debajo del tablero y saqué una botella de whisky, junto con dos vasos—. Solo quería tomar una copa.

—¿Una copa? ¿En serio vas a…?

—Me tomo una antes de cada trabajo. Es parte de mi método. ¿Vas a sermonearme o quieres una?

—¿No crees que es mala idea beber antes de una misión?

—Ese es tu problema, Abby —afirmé, sirviendo una pequeña cantidad de licor en ambos vasos—. Lo llamas «misión». Estás demasiado tensa.

Le ofrecí un vaso y ella lo miró fijamente unos segundos.

—De acuerdo —respondió después de un breve instante—. Pero solo una.

Sonreí.

—Buena monja.

—Te dije que dejaras de llamarme monja —replicó, un poco enfadada.

Chocamos los vasos y yo levanté el mío en el aire.

—Por… —Hice una pausa, tratando de pensar en algo.

—Por nosotros —acabó ella, levantando su propio vaso.

Sonreí.

—Un par de tontos dentro de una nave en el interior de una luna que está en un túnel de deslizamiento.

Brindamos y luego nos bebimos el alcohol. Quemaba, pero no nos quejamos.

—¿Otra? —pregunté.

Hizo un gesto negativo con la mano.

—Ahora no. Más tarde, cuando hayamos terminado.

Asentí y dejé el vaso vacío.

—Cuando hayamos terminado.

Titán salió del túnel y entró en el sistema Navi. En gran parte, estaba vacío, y se hallaba justo dentro del territorio de la Unión. Desde allí, pondríamos en marcha la Estrella Renegada y saltaríamos a través de otro túnel para llegar a Priscilla.

Titán, mientras tanto, crearía un nuevo túnel hacia Priscilla y permanecería dentro de él hasta que transcurriera una cierta cantidad de tiempo. En ese momento, la luna saldría, nos recogería y nos largaríamos de allí antes de que llegara toda la puñetera flota de la Unión.

Atenea había sugerido que cargara en mi nave algunas minas de proximidad especializadas. Al principio había rechazado la idea, ya que no tenía experiencia usándolas. Después de cierta insistencia por su parte, opté por aceptar.

Tras cambiar las viejas minas por las nuevas, decidí relajarme en mi nave hasta que fuera hora de partir.

—¿Todos listos? —pregunté, sentado en la cabina, preparado para marcharme.

Abigail estaba a mi lado, vestida con una armadura cromada, la melena rubia recogida en una cola de caballo y un rifle a su lado. Parecía una guerrera, hecha para matar.

Tenía que admitir que me gustaba.

—Estrella Renegada, tienes permiso para partir —dijo Atenea por mi comunicador.

—Ahí está tu respuesta —añadió Abby, señalando con la mano.

—Si estás lista, yo estoy listo —le aseguré.

—Una pregunta. ¿Cómo sabremos cuándo y dónde encontrarnos con Titán una vez que estemos lejos del planeta? —preguntó Abigail.

—Sigmond tiene la información —dije, agarrando los mandos. Sentí que el motor se encendía y nos elevábamos. La nave vibró un momento antes de que los estabilizadores se activaran.

—Eso es correcto —dijo Siggy—. La llegada de Atenea a Priscilla debería tener lugar aproximadamente dos horas después de que aterricemos en el planeta. Tendrán que volver a subir a bordo de esta nave varios minutos antes de esa hora.

—¿Dos horas para robar el núcleo? —preguntó Abigail—. ¿Es suficiente tiempo?

—Tiene que serlo —dije, empujando la palanca de control y abandonando la cubierta—. Titán no tiene las reservas de energía necesarias para permanecer en el desliespacio mucho tiempo. O eso es lo que Atenea ha dicho.

—Es correcto —confirmó Atenea—. Es esencial que entreguen el núcleo de tritio antes de que se agoten mis reservas de combustible.

—Sin presión —le dije a Abby.

La Estrella Renegada salió de la plataforma de aterrizaje de Titán hacia el espacio abierto. Unos instantes después, Titán soltó un gran rayo que abrió un desgarro en el espacio y creó un nuevo túnel de deslizamiento.

Nosotros entramos primero, con la megaestructura del tamaño de una luna siguiéndonos de cerca.

Solo tardamos diez minutos en llegar al otro extremo del túnel. Estábamos solos cuando salimos. A pesar de saber lo que sucedería, de todos modos me sorprendió que Titán no me siguiera. Y pese a que Atenea me había dicho que no lo haría, nunca había visto que una nave entrara en el desliespacio y no emergiera. Cualquiera que fuera el material del que estaba hecho Titán, cualquiera que fuera la tecnología que sus antiguos ingenieros utilizaran para crearla, no se podía negar que era una maravilla.

—Hemos llegado a nuestro destino —dijo Sigmond—. Rumbo a Priscilla.

—Aparte de lo que buscamos, ¿crees que esa instalación tiene algo más que valga la pena llevarse? —preguntó Abigail.

—Yo también me lo he estado preguntando —admití—. No lo sabremos hasta que entremos. Nuestro trabajo es robar el núcleo, pero tal vez tengamos suerte y nos llevemos un segundo premio.

—Cruzaré los dedos para que haya algo bueno —me dijo con un guiño.

El gesto me pilló por sorpresa. ¿Estaba coqueteando conmigo? ¿Estaba bromeando? Sacudí la cabeza y enterré la pregunta. «Céntrate, Jace».

En el tablero se iluminó un holograma que mostró el planeta y nuestra ruta. La zona de aterrizaje estaba cerca de la costa del continente más grande, puede que a una distancia de veinte kilómetros del mar. Aterrizaríamos allí en menos de cinco minutos.

—Ahí está—dijo ella, inclinándose más cerca del planeta flotante que mostraba el tablero.

—Eso no quiere decir que no podamos robar algún objeto extra mientras estemos allí —añadí con una sonrisa. Toqué el muñeco cabezón de Foxy Stardust—. Uno nunca sabe lo que se encontrará cuando va a robar.

Entramos en la órbita del planeta y nos posicionamos para aterrizar. El proceso no nos llevaría mucho tiempo. Puede que unos ocho minutos.

Mientras avanzábamos hacia las instalaciones, escuchamos una voz por el comunicador.

—Nave entrante, por favor, identifíquese.

Toqué el tablero y abrí la línea.

—Aquí el condestable Alphonse Malloy, solicitando permiso para aterrizar.

—C-condestable, ¿ha dicho? —preguntó la persona del otro lado.

—Correcto —respondí—. Estoy aquí para llevar a cabo una inspección sorpresa. Mi código de autorización es 66192-883.

Una breve pausa.

—Código de autorización aceptado. Bienvenido a Priscilla, señor.

Sonreí justo cuando atravesamos las nubes, luego apagué el comunicador y miré a Abigail.

—¿Lista para ser otra persona?

Recogió su rifle y luego golpeó el escudo que llevaba en el hombro. Con un suave clic, un resplandor azul apareció a su alrededor, transformando su rostro y cuerpo al instante.

—Lista —confirmó ella.

Yo hice lo mismo y activé mi escudo justo cuando la Estrella Renegada se posaba en la plataforma de aterrizaje. Miré el cristal reflectante a mi izquierda y vi mi pelo plateado en la pantalla.

—De acuerdo —dije, mirando de nuevo a Abby—. Robemos un núcleo de energía.

Capítulo 7

Seis hombres armados nos recibieron en la plataforma de aterrizaje, todos vestidos con el uniforme militar de la Unión. Detrás de ellos, iba una mujer con gafas y de expresión seria. Tenía el pelo corto y negro y una figura esbelta. Si no hubiera sido por el ceño fruncido, podría haberla encontrado atractiva.

Está bien, incluso con el ceño fruncido.

—Bienvenidos a Priscilla —dijo la mujer con un fuerte acento que no reconocí—. Soy la doctora Dressler. Me han informado de que está aquí para llevar a cabo una inspección. ¿Es correcto?

—Lo es —afirmó Alphonse, con una sonrisa agradable—. Me disculpo por no haber anunciado nuestra llegada, pero mis superiores querían una evaluación de confirmación de la propiedad.

Dressler comprobó su tablilla y luego nos miró uno por uno.

—¿Puedo preguntarle —continuó— quiénes son sus acompañantes? No aparecen en nuestro registro.

—Condestables —dijo Alphonse con rotundidad—. Sus identidades permanecerán ocultas debido a sus misiones más recientes. —Me hizo un gesto y luego a Abby—. Asumo la responsabilidad por los dos. Eso es todo lo que necesita saber.

—En cualquier caso, tendré que pedirles que entreguen sus armas hasta el final de la inspección. Es una cuestión de protocolo.

Alphonse me miró y yo asentí con disimulo.

—De acuerdo —dijo el condestable.

Tanto Abigail como yo entregamos nuestras dos armas principales, pero no mencionamos nada sobre las pistolas que nos habíamos llevado de Titán, que permanecieron escondidas debajo de nuestra ropa.

—¿Procedemos con la inspección? —preguntó Alphonse—. Tengo otros asuntos que atender y preferiría que esto fuera breve.

—¿Breve? —preguntó Dressler.

—No espero descubrir nada inusual. Su centro es uno de los mejores, doctora.

—Gracias —dijo ella con un asentimiento—. Por favor, síganme. Estaré encantada de mostrarles las instalaciones.

Alphonse echó a andar y tanto Abigail como yo nos apresuramos a seguirlos. Los soldados de la Unión permanecieron en la retaguardia y nos siguieron hasta que cruzamos la puerta del edificio principal. Ellos se quedaron fuera, lo que sugería que estábamos a salvo.

En cuanto entramos, un hombre que se encontraba detrás de un pequeño mostrador se puso de pie. Le pidió a Alphonse que presionara el pulgar contra un dispositivo pequeño y plano. El condestable lo hizo y se encendió una luz verde.

—Todo correcto —dijo el hombre.

«Eso debe de haber sido el análisis de sangre», pensé.

A continuación, vino el escáner de retina, justo en la siguiente sala. Alphonse se inclinó hacia delante y una línea azul cruzó su rostro.

—Identidad confirmada —dijo la IA de la instalación.

Abby y yo pasamos por la puerta, justo detrás de él. Cuando por fin terminamos las pruebas de identidad, la doctora se giró y dijo:

—¿Empezamos con la sección seis?

—Preferiría empezar por la trece —respondió Alphonse.

Dressler pareció sorprendida.

—¿Tan pronto?

Alphonse asintió.

—Como he dicho, tenemos poco tiempo libre, doctora. Comencemos con lo más importante y sigamos a partir de ahí. Quiero asegurarme de que cubrimos el inventario necesario en caso de que necesite acortar la inspección.

—¿Acortarla? —preguntó.

—Hay un problema en un sistema cercano que es posible que requiera mi atención —mintió Alphonse—. En caso de que me necesiten, preferiría haber examinado ya el inventario esencial.

—Si me permite el atrevimiento, condestable, ¿de qué tipo de problema se trata? —preguntó.

—De uno clasificado —comentó—. Uno sobre el que no tengo la libertad de discutir. Sin embargo, sí le diré que es una cuestión de seguridad pública.

Ella hizo una pausa.

—¿Terrorismo?

Él sonrió.

—Es usted inteligente, doctora. Muy bien. Sin embargo, me temo que no puedo hablar más del tema. Estoy seguro de que lo entiende.

—Sí, por supuesto —respondió ella, devolviéndole la sonrisa—. Por favor, sígame, señor.

Debo decir que me impresionó bastante la habilidad de Alphonse para inventar historias sobre la marcha. Tenía talento para aquel tipo de cosas y era probable que esa fuera una de las causas de que lo reclutaran para ser condestable.

Dressler nos llevó hasta un ascensor, usó su huella dactilar para activarlo y le dio al botón del decimotercer piso. Permanecí ahí en silencio, junto con Abigail, preguntándome en qué narices estaba pensando al aceptar ir allí.

Toqué la culata de mi pistola solo para comprobar que todavía la llevaba encima. Odiaba estar tan cerca de la Unión.

Las puertas se abrieron y sentí una ráfaga de aire frío en las mejillas. Me dio la sensación de que allí había unos diez grados menos.

—Por aquí, condestable —dijo Dressler—. Lo encontrará todo igual que en su última visita.

Entramos en un pasillo en forma de cruz del cual salía un pasillo a cada lado, así como otro pasillo muy largo justo enfrente. Terminaba en un conjunto enorme de puertas dobles que duplicaban mi tamaño.

Me entraron ganas de preguntar por qué alguien necesitaba una puerta tan grande, pero mantuve la boca cerrada.

La doctora Dressler caminó hacia un pequeño escáner que había en la pared y acercó el ojo.

—Identidad reconocida. Por favor, adelante —dijo la IA

Las puertas se separaron y se abrieron. Lo que vi al otro lado me obligó a detenerme.

Parecía ser una gigantesca instalación de almacenamiento repleta de estanterías y cajas hasta donde alcanzaba la vista. Debía de haber cientos, tal vez miles, de hileras. Una breve mirada a la más cercana permitió que me fijara en un artículo familiar que descansaba como si nada en un pequeño recipiente: una antigua reliquia de la Tierra, etiquetada y marcada con una referencia para su posterior consulta. Parecía que nuestras sospechas eran correctas y que la Unión de verdad estaba recolectando por su parte aquellos artefactos, y probablemente llevaba décadas haciéndolo, si no más.

Podía imaginarme la respuesta de Freddie a todo aquello si hubiera estado allí. O la de Hitchens, para el caso. Tal vez hubieran encontrado sentido a algunas de aquellas viejas baratijas, porque yo no podía, eso seguro.

Lo cual no significaba que no pudiera robar alguna.

—Siga adelante, por favor —dijo Dressler, mirándome fijamente. Al parecer, el entorno me había absorbido tanto que se me había olvidado seguir el ritmo.

Una vez que estuve de nuevo en la fila, la doctora siguió adelante y nos llevó a la parte trasera de aquel enorme espacio.

Allí no había puerta, sino una abertura que conducía a una pequeña habitación no más grande que el salón de mi nave. No albergaba nada que no fuesen estanterías por todos lados y una mesa en el centro.

Dressler caminó hasta el extremo derecho.

—Verdan —llamó.

—¿Sí, doctora? —preguntó la IA. Su voz provenía de algún punto por encima de nosotros.

—Abre la bóveda 2771 —ordenó Dressler.

Casi pregunté por qué alguien necesitaría dos mil setecientas setenta y una bóvedas, pero me controlé.

—De inmediato —dijo Verdan.

Los estantes frente a Dressler chasquearon, retrocedieron hacia la pared y luego se movieron hacia los lados. «¿Cuántas habitaciones ocultas tendremos que atravesar?», pensé mientras la doctora nos indicaba que la siguiéramos.

En el interior, la estancia estaba prácticamente vacía, rodeada de paredes lisas. El único objeto que había allí era una solitaria caja en mitad del suelo. Era, posiblemente, el espacio con el diseño más prístino que jamás había visto.

Desconfié al instante.

Dressler tocó una pequeña pantalla en la superficie de la caja e introdujo lo que debía de ser su código de autorización. Se oyó un ligero clic y ella dio un paso atrás.

—Ahí está, condestable Malloy.

—Muy bien —dijo Alphonse, acercándose a ella. Mientras lo hacía, ambas mitades de la tapa se separaron, tiraron hacia arriba y se alejaron.

Palpé mi pistola, listo para cualquier mierda inesperada que pudiera ocurrirnos en aquella trampa mortal subterránea.

Alphonse se inclinó sobre la caja y echó un vistazo a su contenido.

—Parece que el artículo está intacto —dijo.

—Como puede ver, sigue igual que en la última inspección —dijo Dressler—. ¿Seguimos adelante?

El condestable se detuvo y me miró.

—Supongo que este sería el momento indicado.

Miré a Abigail, quien me dedicó un leve asentimiento para indicarme que estaba preparada.

—Sí, bueno, tendré que volver a sellar el material —dijo Dressler—. Por favor, discúlpeme.

Dio un paso hacia la caja.

Respiré hondo. Era ahora o nunca.

—Ya hemos visto suficiente —dije, sacando la pistola del interior de mi chaqueta—. ¡Retroceda!

—¿D-disculpe? —preguntó.

—Ya ha oído —dijo Abigail, sacando su propia pistola de debajo de la camisa.

Dressler miró a Alphonse.

—¿Condestable?

—Me temo que se trata de un robo —señaló Alphonse, frunciendo el ceño—. Lo siento mucho, doctora.

—Manos arriba —ordené.

—¡E-esto es indignante! ¿Tiene alguna idea de qué tipo de medidas de seguridad tenemos en torno a esta instalación? —preguntó Dressler.

Abigail agarró a la doctora por la muñeca y la acercó a ella.

—Por eso se viene con nosotros.

—Bueno, esa no es la única razón —añadió Alphonse. Metió la mano en la caja y levantó un objeto verde delgado. Parecía una especie de tubo, sellado por ambos extremos y lleno de… algo. Alphonse me lo entregó.

Lo examiné más de cerca una vez lo tuve en la mano. Tenía un aspecto turbio, como si hubiera humo dentro.

—¿Esto es todo? —pregunté.

—¿Esperaba algo más? —preguntó Alphonse.

—No lo sé —dije, mirando de lado—. ¿Quizás una gema brillante o un orbe gigante?

—Encontrará ambas cosas al final del pasillo —resaltó—. ¿Le gustaría que también los robáramos?

—¿Valen algo? —pregunté.

—Si están en este edificio, valen algo. De hecho…

—¡Eh! —espetó Abigail, agarrando con más fuerza a la doctora—. ¿No deberíamos buscar una forma de salir de aquí?

—Ah, cierto —dije, guardándome la antigua pila de combustible en el bolsillo del pantalón—. ¿Hacia dónde, doctora?

Dressler se retorció contra Abigail, incómoda.

—Si creen que les voy a ayudar a robar eso, ya pueden olvidarse. ¡Verdan! ¡Inicia el procedimiento de seguridad beta-gamma-seis-dos-nueve!

—Procediendo —afirmó Verdan—. Se ha informado a las Fuerzas de Seguridad.

Alphonse abrió mucho los ojos.

—Oh, no.

«Mierda, lo sabía», pensé.

Y allí estaba yo, que había tenido la esperanza de salir de aquel lugar sin ningún problema.

Saqué mi pistola y amartillé el percutor para apuntar a la doctora en la frente.

—Será mejor que arregles lo que sea que acabas de hacer.

Alphonse le tendió la mano a Dressler.

—Escúchelo, por favor. Ese hombre es un experimentado renegado. No está mintiendo.

—¿Un renegado? —preguntó—. Condestable, ¿qué está haciendo con este hombre?

—Le he metido una bomba en las tripas y lo he obligado a seguirme —dije, señalando el estómago de Alphonse—. Si intenta algo, esas entrañas suyas terminarán en todas estas paredes tan limpias.

—¿Una bomba? —preguntó ella, con los ojos muy abiertos por la incredulidad mientras su mirada se centraba en el estómago de Alphonse—.¿Ha metido una bomba en esta instalación?

Alphonse asintió.

—Se da cuenta de la situación, ¿no? No tenía elección.

—Si detona una bomba aquí, ¿sabes qué tipo de caos desencadenará? Solo los artefactos de este nivel son…

Me incliné hacia delante y apoyé el cañón contra su pecho.

—Entonces será mejor que haga lo que le digo, señora, y nos ayude a salir de aquí.

Me frunció el ceño.

—¡Será mejor que me quite esa pistola de delante!

Me detuve ante su tono. Tenía coraje. Eso se lo tenía que conceder.

—Tenemos que movernos —dijo Abigail, empujando a la doctora hacia delante—. Los de seguridad llegarán en cualquier momento.

—Tiene razón —agregó Alphonse—. ¿Nos retiramos?

Miré fijamente a Dressler, quien me sostuvo la mirada.

—De acuerdo —proseguí, después de un momento—. Intente cualquier otra cosa y se acabó, Doc.

—No soy tonta —masculló—. Va a matarme sin importar lo que haga.

—Se equivoca —respondí.

—Si nos ayuda, la dejaremos ir —dijo Abigail.

—¿Qué va a ser, doctora? —pregunté.

Dudó al responder. Pude ver los engranajes girando en su cabeza mientras sopesaba sus opciones. Ayudar a un grupo de ladrones o correr el riesgo de que la mataran en aquel mismo instante.

—De acuerdo —dijo por fin—. Hay otro ascensor al fondo del almacén principal, por donde hemos venido. Conduce a un segundo puesto de control de seguridad en la superficie.

—¿Qué tal si primero llama a los guardias y anula la alerta? —pregunté.

—No puedo —dijo ella—. Una vez que se ha activado el protocolo de seguridad, deben realizar una verificación completa en la ubicación en cuestión.

—Tenemos que darnos prisa —dijo Alphonse. Me sorprendió notar un poco de ansiedad en su voz.

Miré a Dressler.

—¿Por dónde?

—Si pueden llegar al ascensor, el sistema de seguridad no los detendrá —informó Dressler—. Forma parte de una red separada que se usa solo para emergencias.

—¿Cuál es el truco? —pregunté.

—Necesitará mi autorización para usarlo —dijo.

—Por supuesto que sí —dio por sentado Abigail.

Me deslicé junto a la puerta, hice un barrido en el almacén anterior, el que estaba lleno de estanterías, y en el almacén principal.

—Vamos a salir —apunté, haciendo un gesto a los demás para que me siguieran—. Quedaos todos detrás de mí. Intentad que no os disparen.

Entramos en el almacén justo en el mismo momento en que se abrieron las puertas del ascensor. Siete soldados accedieron al atrio, armados hasta los dientes y preparados para detenernos.

—¡Retroceded! —ordené en cuanto los vi.

El cabecilla de los soldados disparó una ráfaga en mi dirección, me dio en el escudo e hizo que este parpadeara.

—Escudo al noventa por ciento —dijo la voz automática en mi oído, una copia de la de Atenea, aunque sabía que no era ella.

Me agaché detrás de la pared para volver al interior de la sala de almacenamiento.

—¡Atrás todos! —grité, agarrando a Alphonse por el hombro y golpeándolo contra el estante que tenía al lado. La fuerza del choque tiró un objeto al suelo, un viejo artefacto de algún tipo.

Varios disparos más entraron por la abertura, impidiendo que me moviera.

—Están usando fuego de supresión para que no avancemos —dijo Alphonse—. Supongo que pronto aparecerá un segundo equipo.

—No me digas, condestable —murmuré, revisando mi pistola y levantándola mientras me apostaba junto a la puerta—. Abby, quédate aquí y controla a estos dos. Vuelvo enseguida.

—¿Habla en serio? —preguntó Dressler, mirando a Alphonse.

—Cállese —dijo Abigail, todavía agarrando la muñeca de la mujer—. Déjelo trabajar. —Me miró y me dedicó un asentimiento de cabeza—. Adelante.

En el almacén, uno de los soldados se movía entre dos filas de estantes y avanzaba hacia nosotros.

—Volveré pronto —murmuré, luego me lancé entre los disparos.

Una bala impactó contra mi escudo a la altura de mi pierna, iluminándome por un segundo y haciendo descender mis niveles de energía al ochenta por ciento. No había ningún problema, siempre y cuando no me dieran más.

Corrí hacia el soldado más cercano, entre las dos hileras de estantes llenos de artefactos. Lo disparé dos veces en el pecho antes incluso de estar sobre él, luego choqué con su cuerpo e hice que se estrellara contra el estante más cercano. Resolló cuando lo golpeé y me di prisa en rematarlo con una bala en la cabeza.

Seguí corriendo y resbalé cuando llegué a un espacio entre los estantes, disparé dos tiros y le acerté a uno de los soldados en la pierna. Gritó e hizo que los demás respondieran al fuego, pero yo ya estaba detrás de la segunda hilera de estantes.

Me puse de pie de un salto y seguí corriendo. Lo que habría dado por unas granadas en ese instante.

Vi a los soldados moviéndose al otro lado de los estantes, se dirigían hacia mí. Me tiré al suelo de inmediato y disparé un par de tiros rápidos, acertando a dos de ellos en los pies, con lo que les rompí las botas en pedazos y les hice papilla los huesos. «Eso los retrasará», pensé.

Retrocedí corriendo y luego me pegué una carrera hacia delante antes de que tuvieran la oportunidad de darse cuenta de lo que estaba pasando.

Un segundo después, una ráfaga de disparos impactó a mi espalda, justo donde había estado un segundo antes. Varios artefactos de valor incalculable cayeron al suelo e inundaron el almacén con un ruido ensordecedor.

—¡Está en movimiento! —gritó uno de los guardias—. ¡Se dirige a la parte trasera!

Llegué a otro hueco entre las estanterías y giré bruscamente a la derecha para alejarme de los soldados. Tendría que perderlos si quería seguir adelante.

«No puedo quedarme en un sitio mucho rato», pensé. «Estos desgraciados no pararán hasta que me desangre».

Antes de que pudiera girar otra vez, escuché un disparo desde atrás, seguido de la luz parpadeante de mi escudo y la voz automática que decía:

—Escudo al sesenta y cinco por ciento.

Reaccioné y giré muy deprisa, me tiré al suelo en el proceso y me deslicé. Levanté la pistola, esperando a tener al guardia que me perseguía en el punto de mira, y luego disparé.

La bala le dio de lleno en el estómago y se tambaleó, pero solo un momento. Aquellos tipos llevaban chalecos antibalas, suficiente para proteger el abdomen de uno o dos disparos. Antes de que pudiera reaccionar, volví a disparar y esta vez apunté a la cabeza.

Se derrumbó de rodillas, soltó el rifle y cayó hacia delante.

Yo ya estaba en movimiento y me di la vuelta hacia la habitación donde Abigail y los demás estaban esperando.

Dos soldados se me acercaron por detrás del cadáver.

—¡Un soldado caído! —gritó uno de ellos.

Una lluvia de balas me siguió mientras corría.

Me dieron muchas veces, provocando que mi escudo se iluminara en tantas ocasiones que pensé que podría romperse.

—Escudo al treinta por ciento —dijo la voz en mi oído.

Llegué al final de las estanterías, donde el primer soldado yacía muerto, luego me giré y vi a Abigail y Alphonse observándome desde el interior de la habitación.

Todavía había soldados en el área abierta del almacén, y no dudaron en disparar cuando irrumpí entre las hileras de artefactos.

Corrí hacia la habitación, disparando a ciegas a los guardias, menos preocupado por darles que por escapar.

—Escudo al diez por ciento —dijo la voz.

—¡Tu turno! —espeté cuando llegué a la habitación, y apenas logré entrar antes de que mi escudo se agotara.

Varias balas se incrustaron en la pared que quedaba a nuestra derecha, frente a la puerta abierta.

Abigail cogió a Dressler de la mano y la empujó hasta colocarla detrás de Alphonse.

—Quédate aquí —ordenó, y luego me miró—. ¡Vigílalos mientras me ocupo del resto!

Yo estaba en el suelo, con la espalda contra la pared y casi boca abajo.

—No te preocupes —le dije, jadeando por culpa de la carrera que me había pegado.

Abigail irrumpió en la tormenta de balas y le dieron al instante. Su escudo se iluminó, pero ella ya estaba disparando y le acertó a un soldado en el pecho antes de que él tuviera la oportunidad de entender lo que estaba pasando.

Los dos hombres que me habían estado persiguiendo llegaron y cargaron contra ella. Dispararon a medida que avanzaban, y lograron acertarle dos veces en el escudo antes de que Abby tomara represalias.

Con la pistola en la mano, sacó su bastón eléctrico, lo activó y se lo clavó a uno de los hombres en el estómago. Él cayó al suelo y se estremeció como si tuviera una convulsión.

Abby extendió el bastón, lo levantó por encima de su cabeza y golpeó al segundo guardia en el cuello.

Oí el crujido desde el interior de la habitación desde donde estaba mirando.

—Ay —murmuré con un escalofrío.

En solo unos segundos, ambos hombres habían quedado incapacitados.

Abigail dirigió su atención al único soldado que quedaba. Él disparó con el rifle y le dio en el escudo, primero en el estómago y luego en el hombro.

Abigail levantó su pistola, empezó a avanzar hacia él y apretó el gatillo.

Escuché dos disparos, fuera de mi campo visual, seguidos por el sonido de un cuerpo cayendo al suelo.

La monja volvió un segundo después y entró como si nada en la habitación.

—¿Todos listos?

—¿Ha-ha matado a todos esos hombres? —murmuró la doctora Dressler—. ¿Cómo es… cómo es posible?

Alphonse hizo un gesto con la mano hacia el almacén.

—Espero que comprenda la gravedad de su situación, doctora. Muéstrenos el camino para que podamos dejarla en paz.

—Ya lo has oído —le dije—. A Al no le apetece morir hoy.

—La muerte y yo no nos llevamos bien —añadió.

—Enviando personal adicional —informó la IA por los altavoces.

Abigail agarró a Dressler por la muñeca.

—¡Vamos!

Huimos pegados a la pared más cercana y pasamos junto a varios de los antiguos guardias. Yo iba en cabeza, con Alphonse, la doctora Dressler y Abigail justo detrás de mí. No esperaba que el día fuera así, pero lo cierto es quela cosa podría haber ido mucho peor.

Cuando llegamos al extremo del almacén, Dressler señaló hacia un punto concreto.

—¡La segunda puerta!

Miré por encima del hombro.

—Si entramos ahí y suena una alarma, va a necesitar un milagro para que no…

—Es seguro, lo prometo —insistió, corriendo a mi lado y dejando que el escáner le examinara un ojo. Sonó un pitido y la puerta se abrió para revelar un pasillo con una tenue iluminación—. Por aquí, luego a la izquierda y recto hasta llegar a…

—¡Fuego! —gritó alguien desde el otro extremo del almacén.

Los soldados dispararon, lo que hizo que entráramos corriendo y dejáramos de lado la discusión. Arrastré a la doctora hacia el pasillo y ambos caímos de cara. Abigail empujó a Alphonse delante de ella y recibió un disparo en la espalda por él.

La puerta se cerró detrás de ella y nos apresuramos a ponernos de pie.

—¡Corred! —espetó Abigail—. ¡Hay que largarse de aquí!

Arrastré a Dressler detrás de mí mientras nos movíamos. Más adelante, las luces del techo comenzaron a encenderse, de una en una. Corrimos más deprisa de lo que se encendían, giramos en la esquina y llegamos al otro extremo en menos de treinta segundos.

Escuché voces que provenían de la dirección de la que veníamos. Alguien gritaba órdenes.

—¡Abre la puta puerta!

Dressler corrió hacia las puertas del ascensor, que estaban a solo unos pasos más de distancia. Luego tecleó un código en el panel táctil que nos permitió amontonarnos dentro.

—Por poco no lo contamos—dije, una vez que estuvimos dentro.

Un sonido fuerte y demoledor sonó al final del pasillo, y escuché pasos, cada vez más fuertes.

Cuando las puertas se cerraron, aparecieron sombras a la vuelta de la esquina, seguidas por hombres armados, vestidos con armaduras de la Unión.

—¡Ahí! —gritó el más cercano.

Saludé justo cuando las puertas se cerraron, un segundo antes de que abrieran fuego y abollaran las puertas de metal del ascensor.

La doctora Dressler casi cayó de nuevo en los brazos de Alphonse, muerta de miedo.

La miré, luego a Alphonse, y le dediqué una sonrisita muy obvia.

—Guárdatelo para más tarde, Al —dije, dándome la vuelta y haciendo crujir el cuello—. Es posible que haya que causar algunas bajas más.

CAPÍTULO 8

Las puertas se abrieron y nos encontramos a tres hombres con batas de laboratorio dándonos la espalda. Antes de que pudieran darse la vuelta, Abigail había encañonado a uno y le había clavado el extremo de su bastón a otro.

—No os mováis.

—¿Q-qué es esto? ¿Quién...?

—¡Silencio! —masculló, empujando al hombre al que le había clavado la pistola en la espalda.

—Después de usted —le dije a Dressler.

La doctora atravesó las puertas del ascensor y entró en lo que supuse que era un laboratorio.

—Por favor, que todo el mundo haga lo que dicen —dijo Dressler.

—¿Dónde estamos? —preguntó Abigail, todavía con sus dos armas contra los dos doctores.

—P-primer piso, laboratorio doce —acertó a contestar uno de ellos.

Abigail bajó la pistola, pero solo hasta la cadera. El cañón no dejó de apuntar al hombre.

—¿Por dónde se llega al patio?

El hombre se inclinó a su derecha y señaló.

Le toqué el hombro a Abigail y le hice señas para que retrocediera, junto con Alphonse y Dressler. Cuando todo el mundo se apartó, pregunté si había alguien más en aquel laboratorio.

—Solo nosotros —respondió el segundo doctor.

—Entrad —dije, señalando el ascensor con la cabeza, e hicieron exactamente lo que les dije—. Id al piso inferior y no volváis aquí hasta dentro de una hora.

Ambos asintieron, sus rostros llenos de miedo.

Esperamos a que las puertas se cerraran y el ascensor descendiera, solo para estar seguros.

Abigail arrastró a Dressler detrás de ella y tomó la dirección sugerida por el otro doctor.

—¡Hora de irse!

Le dediqué un asentimiento a Alphonse y ambos las seguimos.

Después de recorrer un pasillo corto, encontramos un conjunto de puertas dobles que nos condujeron a un campo de hierba cortada con mucha meticulosidad. Aquella debía de ser la entrada lateral. Había un escáner, por lo que no se podía salir sin autorización, y no parecía haber picaportes ni dispositivos al otro lado. Eso significaba que, una vez que estuviéramos fuera, no habría vuelta atrás.

Si acabábamos metidos en un tiroteo, también significaría que tendríamos poca o ninguna cobertura.

No habría ningún lugar al que correr, solo podríamos ir hacia delante.

—¿Preparados? —pregunté a mis compañeros fugitivos uno por uno.

—No me importaría quedarme atrás —dijo Dressler—. Por favor, ya no me necesitan, ¿verdad?

—Buen intento —dijo Abigail.

La doctora tragó saliva.

—No me puedo creer que esto esté sucediendo.

Salí por la puerta, con los demás justo detrás de mí y la pistola lista. Una brisa repentina me acarició las mejillas y, por un momento, resultó agradable, como si estuviera en un claro cerca de un arroyo, todo lo contrario de donde estaba en realidad. Joder, era casi como si no estuviera robándole a la Unión e intentando escapar con dos rehenes a mi lado y uno de los artefactos más poderosos de la galaxia en mi bolsillo.

Vi la entrada a la plataforma de aterrizaje justo delante de nosotros, al otro lado del campo. Era un área amplia con torres estrechas en todas las esquinas, que podrían haber sido cualquier cosa, desde luces cenitales hasta torretas, por lo que yo sabía. Me maldije por no explorar más aquel lugar antes de pisarlo, pero no había habido suficiente tiempo, no con el general Brigham siguiéndonos, aunque lo cierto era que no teníamos confirmación de que lo estuviera haciendo. Había tenido poca visión de futuro al correr hacia aquel estúpido planeta. Bueno. No sería la primera vez que me apresuraba y...

—¡Detenedlos! ¡Se dirigen a esa nave! —gritó una voz ronca a mi izquierda.

Un grupo de guardias armados salió del edificio. Un vistazo rápido reveló que era el mismo escuadrón que nos había escoltado al edificio después de aterrizar.

—¡Corred! —grité, cogiendo a Dressler de la mano y tirando de ella hacia campo abierto.

Dispararon varias veces en nuestra dirección. Dressler gritó y me sorprendió la fuerza que podía llegar a adquirir su voz. Para ser una mujer de aspecto tan enfadado, bien que podía proyectar la voz.

—¡Esperad! ¡Tienen un rehén! —gritó uno de los soldados.

—¡No importa! ¡Seguid disparando! —contestó otro.

—¿Q-qué acaba de decir? —preguntó Dressler.

—¡Siga corriendo! —espetó Alphonse.

Solté a la doctora y saqué mi pistola, listo para devolver el fuego. Disparé un par de tiros, que impactaron en las ventanas que quedaban detrás de los soldados y los obligaron a ponerse a cubierto. Eso nos daría unos momentos.

Derrapé con los talones, me detuve de golpe y eché a correr en la dirección opuesta. En cuestión de segundos estuve de cara a los soldados, sujetando el arma con firmeza.

Justo cuando Abigail estaba a punto de pasar a mi lado, levanté la otra mano y le hice señas para que me arrojara su arma. Lo hizo y yo la atrapé, cerrando los dedos en torno a la culata mientras apuntaba con ella a los demás hombres y hacía lo mismo con mi propia arma.

Usando ambas pistolas, descargué un flujo constante de balas para asegurarme de que los hombres permanecieran en el suelo. Por lo que podía ver, solo había cuatro soldados, lo que significaba que los demás estaban en otro sitio. Al recibirnos en la pista de aterrizaje, eran seis.

Empecé a retroceder, sin dejar de disparar a un ritmo constante. Cada una de las armas contenía dos docenas de balas y solo tenía un cargador de repuesto. Si no salíamos de allí pronto, era posible que las cosas no terminaran demasiado bien.

—¡Jace! —gritó Abigail, la urgencia de su voz me dijo que era hora de irse. Me di la vuelta, cambiando mi trote hacia atrás por una carrera desenfrenada hacia delante.

Vi a los dos soldados que faltaban cerca de la Estrella, sosteniendo sendos rifles y esperando a nuestro grupo.

Parecía que estaban a punto de dispararle a Dressler cuando logré un tiro que le dio a mi propia nave. Eso los obligó a tirarse al suelo. Uno de ellos le gritó algo al otro, lo que provocó que ambos me apuntaran. Por lo visto, me veían como la mayor amenaza.

Eso fue un gran error.

Abigail empujó a Dressler a los brazos de Alphonse. El condestable atrapó a la doctora y la tiró al suelo con él mientras Abigail seguía adelante.

La monja saltó en el aire, sacó su bastón y lo activó. El arma se extendió y una chispa surgió de uno de los extremos. Abby descargó el bastón con fuerza y le asestó un golpe de lleno en la cara al primer soldado, con lo que le rompió la nariz e hizo que la sangre saltara por los aires.

El segundo hombre levantó su arma, listo para disparar a la monja antes de que pudiera acercarse más.

Apreté el gatillo de ambas pistolas, pero al final me había quedado sin balas.

El soldado tenía a Abigail en el punto de mira. Ella no reaccionó, lo que me hizo pensar que la energía de su escudo debía de haberse agotado.

Cogí el último cargador que quedaba, con la esperanza de tener tiempo suficiente para disparar antes de que ese soldado hiciera lo que estaba a punto de…

Alphonse corrió directo hacia él y le dio un golpe al arma para desviarla justo cuando el soldado disparó. El hombre se giró hacia él, pero Alphonse respondió con una patada en el estómago y luego un golpe rápido a la garganta. El soldado cayó de rodillas, jadeando en busca de aire, como si le hubiera aplastado la tráquea. Alphonse le cogió la cabeza y le retorció el cuello, rompiéndoselo antes de que supiera lo que le estaba pasando.

Abigail se quedó boquiabierta ante lo que acababa de hacer el condestable.

—¿Qué acabas de…?

—Sugiero que nos marchemos —dijo Alphonse, señalando la nave—. Vendrán más enseguida.

Corrí hacia Dressler y la ayudé a levantarse, luego nos juntamos con los demás.

—Bien hecho, Al —dije cuando pasé junto a él.

Él asintió.

—Encantado de ayudar, capitán.

Siguió otra ráfaga de disparos, que alcanzó la nave mientras subíamos por la rampa.

—¡Siggy, cierra la maldita compuerta! —grité.

—De inmediato, señor —respondió la IA.

La rampa se elevó cuando múltiples disparos entraron a través de la abertura cada vez más pequeña y rebotaron en el interior.

—¡Poneos a cubierto! —ordené.

Todos se agacharon cuando las balas rebotaron en lo alto, golpearon el metal y se incrustaron en las paredes.

—¡Despega, Siggy! —grité justo cuando la puerta se cerró.

—Como desee, señor —dijo—. Activando propulsores.

Me arrastré hasta las escaleras, pero me quedé abajo, sabiendo que no debía moverme demasiado o me arriesgaría a que una bala desviada me acertara.

Los disparos continuaron mientras nos elevamos en el aire. Todos permanecimos tumbados en el suelo, esperando a que la tormenta de balas fuera reemplazada por el silencio del espacio.

Los motores se encendieron y retumbaron por toda la nave antes de que los estabilizadores tuvieran la oportunidad de activarse. Cuando todo se asentó, sentí que despegábamos del suelo.

—¿Estáis todos bien? —pregunté cuando ya nos estábamos alejando del planeta.

—Creo que sí —dijo Abigail, que estaba de rodillas.

—Condestable… ¿se encuentra bien? —preguntó la doctora Dressler, todavía sin aliento. Se acercó más a Alphonse, que yacía boca arriba—. ¡E-está sangrando!

Alphonse intentó incorporarse, pero se detuvo y se agarró el estómago. Cuando retiró la palma de la mano, por fin vi la sangre.

Me arrastré hacia delante, impulsándome para subir las escaleras.

—¿Alphonse? —lo llamé mientras intentaba ver mejor. Tenía la frente perlada de sudor, la mirada tensa. Estaba claro que algo iba mal.

Abigail corrió hacia él y lo empujó sobre la espalda.

—Túmbate un segundo y déjame ver —ordenó, y le levantó camisa por encima del estómago.

—Lo siento —murmuró. Parpadeó, como si estuviera a punto de desmayarse—. Yo… debería haber sido más rápido…

—¡Idiota! —espetó Abigail—. ¿Por qué no has corrido más deprisa? —Se giró hacia mí con la mirada cargada de ira—. ¡Tráeme el puñetero botiquín!

CAPÍTULO 9

CUANDO VOLVÍ CON el botiquín, Alphonse había perdido el conocimiento. Abigail se las apañó para vendar la herida, pero, sin las herramientas necesarias, no podríamos extirpar la bala.

Tuve que dejarlo al cuidado de Abigail y Dressler mientras iba a la cabina. No quería, pero alguien tenía que encargarse de los cañones y sacarnos de allí, y no podía confiar en que Siggy lo hiciera todo. A pesar de lo impresionante que era, Sigmond solo podía encargarse de un número limitado de cosas a la vez.

Introduje un comando en el tablero y agarré los mandos para alejarnos del planeta. Antes de que pudiera llamar para hablar con Abigail o desplegar la grabación de la cámara que había en la bodega de carga, Siggy me informó de que nos estaban siguiendo.

Por lo que pude ver, eran varios perseguidores. Tres naves de ataque de la Unión.

—¡Siggy! ¿Cuánto falta para que Titán salga de ese túnel?

—Aproximadamente ocho minutos, señor —respondió.

—¡Está lo bastante cerca! Veamos si podemos llegar allí antes de que esas naves nos alcancen.

—Basándome en su velocidad de aceleración actual, no creo que sea posible —informó Siggy.

Maldije, luego activé la pantalla holográfica para examinar el sistema en el que estábamos. Frenético, busqué algún lugar a donde ir, cualquier cosa con una zona lo bastante estrecha para…

Paré cuando me fijé en el cuarto planeta del sistema, el más cercano a Priscilla. A su alrededor había un anillo fino pero ancho de rocas, como en torno a muchos otros planetas de clase tres. Un análisis rápido reveló que aquel mundo también tenía setenta y seis lunas.

—Siggy, voy a llevar la nave detrás de ese anillo, cerca del planeta. Asegúrate de que no choquemos contra nada —ordené.

—Entendido, señor —dijo la IA.

Si pudiera ganar algo de tiempo antes de la llegada de Titán, podríamos escapar sin sufrir demasiados daños, pero tendría que mantenerme alejado de su línea de visión. Odiaba no poder encararlos de frente, pero no podía poner en riesgo a mi tripulación o mi nave, no si había una salida mejor.

Llevé la Estrella Renegada al interior de la órbita del planeta y luego reduje nuestra velocidad a medida que nos acercábamos al anillo, una delgada extensión de hielo y roca que duplicaba el tamaño del planeta.

—Hora de poner las trampas —dije, pasando el dedo por el tablero para soltar una de las minas que Atenea me había dado—. Veamos si estas cosas son tan buenas como ha dicho.

Coloqué seis minas, casi todas las que tenía, tres debajo del anillo y tres por encima. Luego llevé mi nave a la parte trasera para acercarme más al planeta.

Observé el holograma que mostraba a las tres naves acercándose a mi posición. La nave de ataque que iba en el centro tenía el escudo activado y con él cubría a las demás. Activé el mío, a la espera.

«En cualquier momento», pensé.

Las naves se acercaron al anillo y se dirigieron hacia arriba, ignorando la parte de abajo.

Retrocedí y me acerqué todavía más al planeta.

Las tres naves se movieron juntas, su escudo rozó el anillo y provocó que las partículas y los fragmentos se arremolinaran y se desplazaran.

La primera de las tres minas reaccionó. Sus sensores detectaron la proximidad de las naves y se dirigió hacia ellas. La mina se activó justo cuando alcanzó el escudo y desencadenó una explosión de plasma azul que iluminó la oscuridad durante un instante y provocó que el escudo protector se fracturara y parpadeara, como si estuviera a punto de romperse. Me quedé boquiabierto al ver aquello. ¡Menuda bomba! Mis viejas minas no estaban a la altura de aquellas.

—¡Eso es lo que yo quería! —grité mientras golpeaba el tablero.

La nave más cercana al anillo sufrió una ligera sacudida cuando el escudo se asentó.

Dejé que la Estrella Renegada cayera por debajo del anillo, cebando mis cañones cuádruples mientras seguía los movimientos de las naves.

La segunda mina reaccionó cuando se acercaron al final del anillo y se lanzó hacia ellas, para explotar a la misma distancia que la primera. El escudo que rodeaba las naves parpadeó una vez más cuando quedó encerrado en la luz azul. El escudo se agrietó, se rompió y por fin se disolvió cuando el daño fue demasiado grande para soportarlo.

Las tres naves se separaron y se alejaron ahora que el escudo había desaparecido. Como no tenían motivos para permanecer juntas, podían moverse con libertad. Era difícil determinar si las cosas habían mejorado o empeorado para mí.

O para ellas.

Seguí el rastro de todas las naves, que se movieron en diferentes direcciones. La primera siguió el mismo rumbo y, sin saberlo, se dirigió hacia la siguiente mina, mientras que la segunda y la tercera se separaron y se dirigieron a cada lado del anillo, sin duda para flanquearme.

Estaría preparado para enfrentarme a todas ellas. Agarré la palanca de control y comencé a disparar una ráfaga hacia el anillo, apuntando a la más cercana de las dos naves que se estaban alejando de la central. Mis disparos atravesaron hielo, destruyeron rocas y levantaron nubes de polvo pesado mientras continuaba disparando a la nave en movimiento. Cuando se acercó al borde del anillo, uno de mis torpedos la golpeó en el costado y rozó el motor secundario. La nave dio vueltas repetidas veces, descontrolada, y fue directa hacia las partículas de polvo del anillo, desplazándolas aún más.

Allí estaba mi oportunidad.

Disparé otra ráfaga hacia esa nave y fallé todos los disparos menos dos, que dieron de lleno en el centro de la nave, atravesaron la cabina y resquebrajaron la nave.

Una explosión retumbó en el anillo, pero desde más abajo, cuando el primer piloto activó sin querer la tercera mina. Se desintegró al instante, lo cual me dejaba una única nave con la que lidiar.

Cargué hacia delante justo cuando la última nave llegaba al otro lado del anillo. Disparamos los cañones a la vez.

Desperdicié la mayor parte de mi munición, mientras que la suya golpeó mi escudo. La cabina sufrió una violenta sacudida y me aferré a mi asiento mientras los estabilizadores se ajustaban. De no ser por el escudo, habría sido mucho peor.

—Señor, el túnel de deslizamiento se está abriendo —informó Siggy.

—¡Ahora no! —espeté, sosteniendo los mandos e intentando apuntar a la otra nave, que rodó hacia un lado, fuera de mi alcance—. ¡Mierda!

Aquella nave se movía mejor que las otras, se adaptaba a mis reacciones. Aquel tipo era un profesional, tenía que reconocerlo, pero no me ganaría. No después de haber pasado por todo el rollo de robar el dichoso núcleo.

Apunté a la mina más cercana, una de las tres que había depositado debajo del anillo, ninguna de las cuales había sido detonada todavía, y disparé.

La mina se activó y explotó de forma salvaje. Estaba demasiado lejos para que la onda expansiva impactara contra la nave enemiga, pero esta dejó de disparar por un momento, probablemente a causa de la sorpresa.

La nave de ataque se tambaleó y aproveché para disparar desde su flanco derecho, obligándola a acercarse más hacia las otras minas. Cuando estuvo lo bastante cerca, volví a disparar, pero esta vez acerté a la segunda bomba, que iluminó el anillo y dio de lleno a la otra nave

La nave enemiga empezó a caer, la mitad de su lado izquierdo desaparecido. Antes de que pudiera hacer algo más, descargué una serie de torpedos y conseguí dos impactos directos. Se desintegró en segundos, convertida en polvo y chatarra.

—Capitán Hughes —dijo una voz de la nada. Era la de Atenea.

—Estoy aquí —respondí, intentando centrarme. Sin que me diera cuenta, todo mi cuerpo había estado en tensión. Traté de relajarme, respirando hondo y soltando el aire.

—Aquí Titán. Prepárese para la partida, por favor. Debemos marcharnos con presteza.

—Bien, ahora vuelvo. Mantén la posición —respondí, girando la Estrella Renegada hacia el túnel de deslizamiento recién abierto y la luna gigante que acababa de salir de su interior.

Activé los propulsores y la nave empezó a moverse, directa hacia Titán.

—Siggy, acércanos lo suficiente para que el rayo tractor nos atrape. Avísame cuando estemos —dije.

—Entendido, señor —dijo Sigmond.

Observé cómo el holograma cambiaba a un primer plano de Titán, con nuestras nuevas coordenadas establecidas.

Inspiré rápidamente para calmarme, me desabroché el arnés y me lo saqué por encima de la cabeza. Me levanté y me dirigí a la puerta, con la intención de volver a consultar con Abigail y los demás. Los había dejado en la bodega de carga, con la esperanza de que pudieran manejar la situación por sí mismos, pero Abby no era doctora ni cirujana. En última instancia, no podría salvar a un hombre moribundo. A ella y a mí nos resultaba fácil quitar una vida, pero salvarla… Eso requería otro tipo de habilidad, y estaba más allá de nuestro alcance.

Corrí por la nave, pasé por el salón y salí al pasillo trasero. Cuando por fin llegué a la bodega de carga, encontré a Abby de rodillas con la cabeza de Alphonse en el regazo. Él tenía los ojos cerrados y, al instante, pensé lo peor.

Pero no, me di cuenta de inmediato de que su pecho subía y bajaba. Solo estaba dormido. La monja se las había apañado, de alguna manera, para mantenerlo con vida durante la lucha, a pesar de todas las muertes y la matanza que tenían lugar más allá de aquellas paredes. De alguna manera, aquel idiota estaba aguantando.

Y, para mi propia sorpresa, me alegré por ello.

CAPÍTULO 10

En el momento en que atracamos en Titán, Atenea me pidió que me dirigiera al ascensor. Tendría que llevar el núcleo a Ingeniería… y rápido.

No perdí el tiempo.

Los motores de la Estrella todavía no se habían apagado cuando salí disparado de la bodega de carga de mi nave y entré en la megaestructura, dejando que Abigail se encargara del condestable herido y de la confundida doctora Dressler, que estaba a su lado.

Vi las puertas del ascensor abrirse incluso antes de llegar a ellas. Corrí por el pasillo hacia ellas y me sorprendió ver que ya había alguien dentro. Era Atenea, alta y brillante, con Lex a su lado, sonriendo.

—¡Señor Hughes! —me llamó la niña mientras me saludaba agitando un brazo.

Disminuí la velocidad y me detuve cuando llegué al ascensor.

—¿De qué va esto? —pregunté, mirando a Atenea—. ¿Por qué Lex no está con Octavia o Freddie?

—Le he pedido a Lex que nos ayude en este proceso —explicó Atenea.

—¿Que nos ayude?

Ella se hizo a un lado y me invitó a entrar.

—Por favor —dijo, haciendo un gesto con la mano—. Se lo explicaré por el camino. Debemos darnos prisa.

Decidí confiar en ella y subí al ascensor. Cuando las puertas se cerraron, sentí la mano de Lex tocar mi manga. Miré hacia abajo y vi que me estaba sonriendo. No pude evitar hacer lo mismo.

—¿Estás bien, niña?

Asintió.

—¿El viaje ha sido divertido?

—Siempre lo es —contesté, dejando de lado la parte en la que casi me habían reventado la cara de un balazo.

—Yo también me he divertido —dijo Lex con entusiasmo.

—¿Sí? —pregunté.

Ella sonrió.

—Camilla y yo hemos jugado mientras no estabais. ¡Atenea también nos ha ayudado!

Miré al ente cognitivo.

—No me digas.

—Las niñas encontraron el camino hacia una de las secciones inferiores de la nave. Las acompañé hasta la salida —explicó Atenea.

El ascensor redujo la velocidad cuando llegamos a nuestro destino.

—Todavía no me has dicho a dónde llevamos el núcleo —insistí justo cuando se abrió el ascensor. La cubierta estaba casi a oscuras, la iluminación era muy tenue por lo que pude ver, como si toda la vida de aquel lugar hubiera sido drenada.

Lex y yo salimos del ascensor, mientras que Atenea se quedó dentro. Miré hacia atrás cuando me di cuenta de que no estaba con nosotros.

—¿Vienes? —pregunté.

—Necesitará los implantes dérmicos de la niña para poder entrar en la sala de máquinas —dijo Atenea—. Actualmente, los emisores de este nivel están inoperativos, debido a la escasez de energía que experimentamos. Parece que usé demasiada durante nuestra estancia en el túnel de deslizamiento. Recuperaré el control una vez que inserte el núcleo.

—No lo estás poniendo fácil —dije, pero no me molesté en hacer ninguna pregunta. Si Titán estaba perdiendo tanta energía que Atenea ni siquiera podía mostrarse en ciertas áreas de la nave, era probable que no nos quedara mucho tiempo antes de que toda la megaestructura se quedara sin energía. Cogí a Lex de la mano—. ¿Lista para hacer esto, niña?

Ella asintió.

—¡Lista!

Dejamos a Atenea y empezamos a avanzar hacia el otro extremo de aquella parte de la cubierta. Había asientos y tableros por todas partes, lo cual le confería la apariencia de una instalación bulliciosa donde uno esperaría ver a docenas de miembros del personal, solo que ahora estaba totalmente vacía. Me sentí como si estuviera corriendo por una nave abandonada, lo cual supuse que era cierto, ya que habían pasado casi dos mil años desde que había habido humanos vivos caminando por aquellos pasillos.

Lex y yo llegamos a una puerta gris, más alta que yo y tres veces más ancha. No tenía picaporte ni paneles cercanos donde introducir ningún código. Nada que me dijera qué hacer a continuación. Me quedé allí un segundo, ignorando cómo proceder y sintiéndome como un estúpido.

La niña me soltó la mano y se acercó a la puerta. Abrí la boca para decirle que esperara cuando, de repente, apareció una suave luz azul por encima de nuestras cabezas. Era un escáner que descansaba sobre la puerta y nos iluminaba. Parpadeé y lo observé con curiosidad antes de darme cuenta de lo que debía de estar captando.

Volví a mirar a Lex y vi cómo se iluminaban sus tatuajes, de la misma forma que lo hacían cada vez que jugaba con un artefacto. Brillaba en la oscuridad, iluminando la zona que nos rodeaba.

Lex levantó la mano hacia la puerta y, de repente, esta se abrió con un fuerte rechinar.

—Bien hecho, niña —murmuré, mirando las puertas mientras se abrían.

—Te dije que podía ayudar —dijo.

Sonreí y asentí.

—Y eso has hecho.

Continuamos avanzando y nos adentramos más en los recovecos más profundos de Ingeniería. Más tableros y asientos vacíos a cada lado. Me sorprendió que Lex se mantuviera imperturbable ante aquello, ya que muchos niños parecían temer los lugares oscuros. Ella, en cambio, sentía curiosidad y ganas de explorar, de llegar más lejos.

Y eso hicimos. Recorrimos el último pasillo a la carrera para llegar a la sala de máquinas.

Cuando llegamos, nos encontramos con que el techo se abría hacia arriba y se desvanecía en la oscuridad a medida que se adentraba en la nave. Unas luces parpadeaban en un tablero cercano, cerca de un tubo enorme, que supuse que debía de ser el motor. Era difícil saber si aquel era el lugar indicado o si el núcleo en sí estaba en otra parte, pero, por la forma en que estaba colocado el tubo, en el centro de la habitación, rodeado de tableros y luces, supuse que debía estar allí.

Lex empezó a brillar de nuevo, solo que esta vez no tuvo que tocar nada. En vez de eso, algo reaccionó en el tablero. Me acerqué y vi una hendidura abierta, redonda y del tamaño del mismo núcleo.

Metí la mano en el bolsillo y saqué la fuente de energía.

—Tantos problemas y solo para esto —murmuré, mirando el núcleo. Lo coloqué encima de la consola—. Más vale que funcione, Atenea.

Introduje el núcleo en la ranura y comprobé que encajaba a la perfección. Se oyó un clic fuerte, seguido de un zumbido. La máquina hizo girar el núcleo sobre sí mismo, primero hacia la izquierda, dando una vuelta casi completa, y luego ligeramente hacia la derecha. Esperé, manteniendo los ojos fijos en la máquina incluso después de que se detuviera.

—¿Ya está? —pregunté—. ¿Está roto o…?

La consola absorbió el núcleo en su interior, lo cual me sorprendió, y el zumbido se intensificó hasta que hizo vibrar el suelo bajo nuestros pies.

—¿Qué es eso? —preguntó Lex.

La agarré de la mano para ayudarla a mantener el equilibrio y apoyé la otra en la pared más cercana. Un estallido de luz verde salió del interior del tubo e iluminó el área circundante mientras el resplandor se extendía hacia los huecos superiores de la nave, muy por encima de nuestras cabezas, y hacia el túnel vertical. Otro estallido siguió al primero, y luego otro. Los estallidos continuaron en rápida sucesión mientras las luces empezaban a confundirse unas con otras, hasta que las ráfagas se convirtieron en un flujo constante de luz brillante.

El túnel que teníamos encima se adentraba tanto en la nave que no alcanzaba a ver el final.

Lex y yo nos quedamos ahí, perdidos en la variedad de colores. Si uno creía a Atenea, aquel era uno de los motores más poderosos de la galaxia, y ahora estaba operativo.

La vibración del suelo y los sonidos del núcleo comenzaron a disminuir, como si una tormenta estuviera llegando a su fin. Tras unos momentos más, el caos pareció asentarse, reemplazado por el zumbido eléctrico de un motor al ralentí.

Las luces del techo se encendieron de inmediato, cosa que nos sorprendió a ambos. Sucedió por turnos, varias secciones de la cubierta se fueron encendiendo poco a poco, hasta que todo volvió a la normalidad. A continuación, las consolas se encendieron, unos puntos rojos y amarillos parpadearon e inundaron las estaciones de trabajo de actividad, a pesar de que no había nadie allí para operarlas. Aquella parte de la nave, que antes estaba muerta, de repente rebosaba vida.

Sin embargo, en medio de todo aquello, el núcleo no perdió en ningún momento su fulgurante brillo verde y continuó dominando la habitación, atrayendo mi mirada como una llama a una polilla.

En aquel momento apareció Atenea, justo enfrente de nosotros.

—Bien hecho —dijo al fin.

Me alegré de ver que sus emisores volvían a funcionar, la señal final que necesitaba para saber que el núcleo funcionaba.

Lex corrió hacia ella.

—¿Lo hemos hecho bien?

—Sí, Lex —dijo el ente cognitivo—. Un trabajo magnífico.

Lex vitoreó mientras se giraba hacia mí, como si esperara que me uniera a ella. Le concedí una sonrisa y ella pareció pensar que con eso bastaba.

—¿Cuál es el plan, Atenea? ¿Qué hacemos ahora? —pregunté, mirando hacia las entrañas del núcleo, por encima de mi cabeza. Las luces se adentraban mucho en la megaestructura, hasta lo más hondo, y no pude evitar quedarme desconcertado.

—¿Ahora? —preguntó Atenea, acercándose a mí con una mirada preocupada en sus ojos—. Ahora, capitán Hughes, creo que es hora de que huyamos.

—Las reservas de energía de Titán casi estaban agotadas cuando llegamos —explicó Atenea.

Habíamos vuelto al desliespacio e íbamos a alejarnos de los desgraciados de la Unión tanto como pudiéramos. Me encontraba en el puente de mando, junto a Abigail y Freddie, que se habían dado prisa en encontrarse conmigo aquí para poder planear algún tipo de estrategia.

Atenea continuó.

—Teníamos suficiente para abrir un último túnel si lo hubiéramos necesitado. Por fortuna, la misión fue un éxito y el capitán Hughes logró recuperar el núcleo a tiempo.

—Menuda suerte—dijo Freddie.

—No para Alphonse —añadí—. Hablando de eso, ¿cómo está? Abigail negó con la cabeza.

—En estado crítico. Necesita cirugía. Octavia está cuidando de él, aunque no estoy segura de si tiene el instrumental o la experiencia necesarios.

—Antes era médico—dijo Freddie.

—No es lo mismo que ser cirujana —argumentó Abigail.

—Por favor —intervino Atenea—. Dentro de poco, los sistemas de Titán volverán a estar operativos. Eso no se limita a los motores.

—¿Qué quieres decir? —preguntó Abby.

—Esta nave contiene un pabellón médico con múltiples cápsulas de regeneración. Una vez que el núcleo se haya reiniciado por completo y se hayan restaurado todos los sistemas, se podrán atender todas las lesiones graves.

—¿De qué estás hablando? —pregunté—. ¿Estás diciendo que puedes curar a Alphonse?

—Por supuesto —dijo la mujer cognitiva, como si fuera obvio—. Titán fue construido con el equipo médico más sofisticado disponible. Además de las cápsulas de regeneración, también tenemos una línea completa de unidades quirúrgicas.

—Jace, tenemos que llevar a Alphonse a una de esas cápsulas —comentó Abigail.

—No podemos —dijo Freddie—. Los sistemas todavía no se han reiniciado.

—Correcto —afirmó Atenea—. Pasará algún tiempo antes de que se restablezcan todas las áreas de Titán, incluido el pabellón médico.

—Atenea, ¿puedes mostrarnos la grabación de Octavia y Alphonse? —pregunté.

Ella asintió y luego agitó la mano, cambiando la pared que tenía detrás por una pantalla para enseñar la plataforma de aterrizaje, cerca de la Estrella Renegada.

—Oye, esta vez no te has quedado congelada —observó Freddie.

—Es gracias al nuevo núcleo —explicó.

—Me alegra ver que algo ha mejorado —comenté.

Octavia estaba en su silla, sentada junto a un inconsciente Alphonse, con Hitchens y Bolin al otro lado del condestable. Ambos hombres estaban entregándole el instrumental y ayudándola con lo que supuse que era algún tipo de cirugía.

—¿Puedes abrir una línea de comunicación? —pregunté.

Atenea asintió.

—Hable cuando esté listo, capitán.

Octavia tenía un objeto de metal dentro de la caja torácica de Alphonse, así que esperé un momento antes de hablar. Cuando retiró la herramienta y desapareció el peligro de seccionar una arteria por accidente, pregunté:

—¿Me oye alguien?

Octavia se estremeció ante el sonido de mi voz.

—¿Capitán? —preguntó.

—Sí, Atenea ha abierto una línea. ¿Cómo está Alphonse? ¿Has extraído la bala? —pregunté.

—Todavía no —dijo mientras se relajaba y sacudía la cabeza—. Seguimos trabajando en ello. Creo que se la extraeré pronto, pero me preocupa que se desencadene una hemorragia interna si la retiremos. La bala está en una posición delicada.

—¿Aguantará si se la dejamos dentro? —preguntó Abigail.

—De momento, está estable, pero no puedo prometer que no vaya a desangrarse si lo dejamos así —dijo Octavia.

—Atenea afirma que puede curarlo, pero llevará tiempo —dije.

Octavia miró a Hitchens.

—¿Curarlo? —Miró hacia el techo—. ¿Cómo?

—Hay un pabellón médico en la nave, pero la energía aún se está restableciendo. Necesitamos que lo mantengas con vida durante… —Miré a Atenea—. ¿Cuánto tiempo?

—En treinta minutos aproximadamente debería haber suficiente energía —me informó el ente cognitivo—. Sin embargo, es solo una estimación. El proceso no se ha llevado a cabo en bastante tiempo.

—De acuerdo, nos arriesgaremos —dije—. ¿Has oído todo eso, Octavia?

—Sí —confirmó mientras le limpiaba un poco de sangre del pecho a Alphonse—. Haré lo que pueda hasta que esté todo listo.

—Genial —dije, haciéndole un gesto con la mano a Atenea—. Eso es todo por ahora.

La pantalla se oscureció.

—Las cosas van mejorando —señaló Freddie—. Si es que el pabellón médico vuelve a estar operativo, por supuesto.

Asentí.

—Lo estará, estoy seguro.

—Pareces positivo al respecto—destacó Abigail.

Me encogí de hombros. Para ser sincero, no sabía qué esperar, pero no sabríamos nada hasta que Atenea volviera a poner en funcionamiento esa zona. Hasta entonces, era mejor ser positivo.

Si el plan fracasaba, Octavia tendría que intervenir y llevar a cabo la cirugía, para bien o para mal. Esas eran las únicas dos opciones. O la cápsula médica salvaba al condestable… o lo haría Octavia. De cualquier forma, no había mucho que yo pudiera hacer al respecto, y odiaba preocuparme por cosas que no podía controlar.

Era mejor centrarme en lo que sí podía controlar.

—También tenemos que hacer algo con esa mujer —dije, cambiando de tema.

—¿Qué mujer? —preguntó Freddy.

—Dressler —contestó Abigail—. La trajimos de Priscilla.

—¿Que habéis hecho qué? —preguntó Freddy—. ¿Cuándo pensabais mencionarlo?

—Cuando tuviéramos tiempo —se defendió la monja.

—Está en la Estrella, en la antigua habitación de Abby— expliqué.

—Iré a ver cómo está. Probablemente, se esté volviendo loca.

—Habéis vuelto hace unas horas. ¿Ha estado allí todo este tiempo? —preguntó Freddy.

Me encogí de hombros y me puse de pie.

—No pasa nada.

—Capitán, antes de que se vaya —dijo Atenea. Se teletransportó a mi lado e hizo que me parara en seco—. Puesto que creamos ese túnel de deslizamiento, nos vemos obligados a usar nuestra energía de tal forma que la restauración de Titán llevará más tiempo de lo normal. Si nos detenemos, aunque sea solo una hora, podemos volver a conectar todos los sistemas principales, incluidas las instalaciones médicas, así como las armas y los escudos.

—¿Armas? —pregunté—. Señora, ¿por qué no lo has dicho antes? Sal de esta tubería tan pronto como puedas.

—Capitán, ¿estás seguro? —preguntó Freddy.

—¿De qué no iba a estar seguro? —preguntó Abigail—. La vida de Alphonse está en juego.

Enarqué una ceja.

—¿Desde cuándo te preocupas por el condestable? Creía que odiabas a ese tío.

—No lo odio —espetó con un tono más duro de lo que esperaba—. Es solo que… me salvó. No quiero que muera por eso.

—Así que sientes que le debes algo. ¿Es eso? —pregunté—. ¿Es el sentimiento de culpa lo que hace que te importe?

—No, no es eso —dijo, haciendo una pausa—. O tal vez lo sea. No sé. Simplemente no quiero que muera.

Caminé para acercarme más a ella, hasta que estuve a menos de un metro de distancia.

—Yo tampoco quiero que muera. Dios sabe por qué. —Me reí y sacudí la cabeza—. Pero no olvides dónde estás.

—¿Y dónde estoy, si puede saberse? —preguntó con un resoplido.

—En mitad de una guerra —respondí.

CAPÍTULO 11

—Exactamente, ¿qué planea hacer conmigo, señor? —preguntó la doctora Dressler. La mujer frunció el ceño y me miró con ojos acusadores. Era el tipo de mirada que solía lucir yo todo el tiempo cuando era niño. El eterno vagabundo, el eterno sospechoso. En este caso, en realidad era yo el responsable de esa mirada, pero no le daría la satisfacción de oírme decirlo. Claro, acababa de secuestrar a aquella mujer y la había subido a mi nave en contra de su voluntad, pero eso no venía al caso.

—Escucha —le dije, puesto que yo nunca me disculpaba—. No sé si te das cuenta o no, pero ahí abajo tu propia gente estaba intentando matarte. Nos dispararon a todos, no solo a mí. No solo a Abigail. A todos nosotros.

—Eso es porque lo que ha robado es más valioso que una sola vida, incluida la mía —dijo.

—¿Eso es un hecho comprobado? —pregunté, apoyándome en el dintel de la puerta con los brazos cruzados. A diferencia de lo que había hecho con Alphonse, que era un asesino y espía entrenado, decidí no apuntarle con el arma a la cara todo el rato mientras hablábamos. Eso no significaba que no fuera a mantenerme a una distancia prudencial. Siempre cabía la posibilidad de que fuera más de lo que aparentaba. Eso me lo había enseñado Abigail—. A la Unión le importas un carajo, señora. No les importa nadie. No importa quién seas o cuál sea tu trabajo. —Empecé a reírme—. Por el amor de Dios, eras la jefa de investigación en una de sus instalaciones más prestigiosas de toda la galaxia y aun así casi te matan. A mi modo de ver, no le debes nada a la Unión, mucho menos lealtad.

—¿En serio me está dando una charla sobre ética y lealtad? —preguntó—. Eso es interesante viniendo de un renegado. ¿Ustedes no asesinan y roban a diario?

—Bueno, lo intento —dije, guiñándole un ojo.

Volvió a fruncir el ceño. Por lo visto, no le gustaba mi encantadora personalidad. Ella se lo perdía.

—Déjeme ir y prometo no contarle nada a nadie —dijo.

—Te diré algo, Doc —comencé—. Ten un poco de paciencia y quédate en esta habitación un poco más, dame la oportunidad de poner mis asuntos en orden, luego, cuando tenga un segundo libre, te meteré en un transbordador y dejaré que sigas tu camino tan feliz. ¿Qué te parece?

Ella me miró un momento, sus ojos llenos de extrañeza, como si estuviera esperando que me retractara.

—¿Esto es algún tipo de broma? —preguntó.

—No es broma —le dije, siendo completamente sincero—. No mentiría sobre dejarte ir. A pesar de lo que puedas pensar de mí, no soy el malo. Esta vez no, por mucho que quiera serlo.

—¿Por qué iba a dejarme ir así como así? —preguntó.

—Porque serías una boca menos que alimentar. Una persona menos de la que cuidar —expliqué—. Y para ser sincero, simplemente no vales la pena. Tengo una tripulación de la que cuidar, pero eso no te incluye a ti.

—Bien —respondió ella, sin ocultar lo molesta que estaba conmigo—. ¿Cuándo podré irme?

Me reí de su actitud franca.

—Dame unos días. Podrás irte una vez que pongamos cierta distancia entre la Unión y esta nave. ¿Te parece justo?

—¿Me secuestra y me pregunta si esto es justo? —preguntó.

—Cierto —dije, tocándome la barbilla—. Bueno, tendrá que valer.

Cerré la puerta entre nosotros y la dejé encerrada en la habitación para que digiriera nuestra conversación. Lo más probable era que me llamara monstruo en su cabeza y se dijera a sí misma que yo no era más que un perro, y tendría razón.

Siempre había sido un animal.

Recibí un mensaje de Atenea de camino a la plataforma de aterrizaje.

—Capitán, saldremos del desliespacio de un momento a otro.

—¿Cuánto tiempo falta hasta tener el pabellón médico en funcionamiento? —pregunté mientras recorría el pasillo.

—No mucho. Le sugiero que comience a trasladar al paciente de inmediato —me dijo su voz incorpórea.

Empecé a trotar por el pasillo hasta que me acerqué a la última curva antes de la plataforma de aterrizaje. En cuanto entré, vi a Octavia junto a Alphonse, con Bolin y Hitchens limpiándose las manos. Parecía que las tenían manchadas de sangre.

—¡Eh! —grité—. ¿Cómo está?

—Sigue vivo —me dijo Octavia.

—¿De dónde sale tanta sangre? —pregunté mientras me acercaba y señalaba con la cabeza a los dos hombres corpulentos que estaban a unos metros de Octavia.

—No podía hacerlo todo con dos manos y las cosas se han complicado un poco más de lo que esperaba —explicó—. Me preocupaba que, si no actuábamos pronto…

—¿Ha funcionado? —pregunté.

Asintió.

—Tan bien como cabía esperar.

Me acerqué al condestable y lo observé respirar. Supongo que alguien podría haber dicho que estaba dormido, pero no lo parecía. Había cierta paz cuando alguien dormía, algo que él no trasmitía en ese momento. Con las mejillas sudadas y el pecho lleno de sangre, que le empapaba la camisa. El pobre desgraciado estaba hecho un desastre.

—Tenemos que trasladarlo —le dije.

—¿A dónde? —preguntó Octavia.

Le hice un gesto a Bolin.

—¿Puedes ayudarme a llevarlo? —pregunté.

Bolin dejó las vendas y, junto con Hitchens, volvió a la mesa donde estaba tendido el condestable.

—Ayudaré en lo que pueda.

—Yo también —dijo Hitchens.

Asentí y volví a mirar a Octavia.

—Lo llevaremos al pabellón médico, el lugar del que te hablé, donde están las cápsulas de regeneración. Atenea dice que estarán listas dentro de nada, así que debemos darnos prisa.

—Son buenas noticias, pero ¿cómo piensas transportarlo hasta allí? —preguntó.

—Espera aquí —dije, luego me dirigí hacia la bodega de carga de la Estrella Renegada.

Regresé unos minutos más tarde con mi carro flotante y lo coloqué justo al lado de Alphonse.

—¿Quieres llevarlo en eso? —cuestionó Octavia.

—¿Por qué no? —pregunté.

Ella suspiró.

—Supongo que valdrá. Pero ten cuidado con él. Demasiado movimiento podría empeorar la herida. Doctor Hitchens, ¿le importa ayudar al capitán?

—Por supuesto —dijo Hitchens. Se posicionó junto a los pies de Alphonse, colocó las manos sobre los tobillos del condestable y me dedicó un breve asentimiento.

Esperé a que Octavia se apartara, luego me acerqué por el lado derecho de Alphonse y me coloqué cerca de su abdomen, con Bolin frente a mí. Juntos, con la ayuda de Hitchens, levantamos a Alphonse de la mesa y lo subimos con suavidad al carro flotante.

—Tened mucho cuidado —advirtió Octavia, que se alejó rodando por el camino una vez que tuvimos al condestable asegurado—. El más mínimo golpe podría mover esa bala. Si eso sucede, no habrá nada que yo, o cualquier otra persona, pueda hacer.

—Tendremos cuidado. Vamos, Bolín. tú también vienes. Los tres os venís. —Empecé a mover el carro, y caminé a toda prisa pero con cuidado hacia el pasillo de salida—. Vamos a salvarle la vida.

Bajamos del ascensor en la cubierta diecinueve, cerca del pabellón médico. Atenea me fue dando indicaciones a medida que avanzábamos mientras sugería que aún pasarían varios minutos antes de que las instalaciones volvieran a estar completamente operativas.

Acabábamos de salir del túnel de deslizamiento, lo que significaba que por fin podían encenderse los sistemas de Titán. Iba a llevar algo de tiempo, eso era todo.

Guie al grupo hasta el tercer pasillo, que llevaba a la séptima habitación. Estaba claro que aquel era el lugar correcto porque estaba abierto y no tenía puerta, lo que facilitaba el acceso. Me imaginé que quien construyera aquel lugar debía de querer que los pasajeros pudieran entrar y salir a su antojo.

Empujamos al carrito al interior del pabellón médico, pasando con cuidado por debajo del arco para no darle un golpe al herido y matarlo por accidente.

Me detuve, me di la vuelta para examinar la estancia y todas aquellas máquinas me sorprendieron. Alineados a lo largo de las paredes, había grandes módulos, diez a cada lado, con una habitación cerrada en la parte de atrás, que parecía tener una puerta cerrada y ventanas de cristal. Al echar un vistazo, pude ver estantes llenos de suministros médicos en el interior.

—Atenea, ¿y ahora qué? —pregunté a la habitación vacía, mirando al techo.

—La energía de esta cubierta está siendo restaurada. Por favor, coloquen al sujeto en la unidad quirúrgica —respondió el ente cognitivo.

—¿Cuál? —preguntó Octavia.

—Un momento, por favor —dijo Atenea.

Oí un pequeño pitido a mi izquierda. Una de las cápsulas se iluminó y la tapa se levantó para revelar un interior acolchado.

—Esa es nuestra señal —afirmé.

—Procedan cuando estén listos—dijo Atenea.

Bolin y yo sacamos a Alphonse del carro y lo colocamos con delicadeza dentro de la cápsula. Gimió cuando estuvo sentado dentro y, por un segundo, me pareció que podría despertarse. En vez de eso, la cabeza le cayó sobre el hombro y dejó escapar un resoplido. Bolin le cogió la barbilla y le movió la cabeza para que quedara recta, luego retrocedimos.

La puerta de la cápsula se cerró de inmediato y toda la máquina se inclinó y se movió, colocando a Alphonse boca arriba.

Vimos cómo una luz suave inundaba la cápsula. Me acerqué, al igual que los demás. Varios palos pequeños, no, eran más bien garras, se extendieron desde el interior de la cápsula, brillando. Uno de ellos se acercó al pecho de Alphonse y se quedó flotando un momento antes de sumergirse por fin dentro de él, atravesando poco a poco la carne hacia donde esperaba la bala.

—Debe de ser luz dura —dijo Octavia.

—¿Luz dura? —preguntó Bolín.

—Es lo mismo de lo que está hecha Atenea —respondió ella.

—Fascinante —murmuró Hitchens.

Observé cómo varias garras más se unían a la primera y, tras unos momentos, empezaron a retraerse junto con la bala metálica. Se deslizó con facilidad fuera del agujero.

Salió un poco de sangre, pero no tanta como yo esperaba. Las garras respondieron transformándose en una jeringa. Esta se desplazó hacia un lado de la cápsula y extrajo una sustancia similar a un gel, que luego procedió a inyectar en la herida.

La sangre dejó de fluir con bastante rapidez y las garras se retrajeron por completo y desaparecieron.

Estuve a punto de preguntar si eso era todo cuando un pequeño tubo salió de detrás del cuello de Alphonse. Se extendió por su piel, se llenó de líquido y entró en su cuerpo.

—El objeto ha sido extraído con éxito y el tejido del sujeto se regenerará en una hora —dijo Atenea, cuya voz venía de arriba—. Los signos vitales están estables.

Escuché que Hitchens dejaba escapar un suspiro de alivio a mi lado. Me giré y lo vi mirando directamente por encima de mi hombro.

—¡Oye, cuidado! —grité.

Tropezó hacia atrás al intentar apartarse de en medio.

—¡M-mis disculpas!

—¿Se pondrá bien? —preguntó una voz familiar desde detrás. Me giré y vi a Abigail de pie bajo el arco, observándonos.

Hice una pausa, sorprendido de verla. ¿Nos había seguido hasta allí? ¿La culpa que sentía era tan fuerte como para necesitar que la tranquilizaran?

Atenea intervino y respondió antes de que yo pudiera hacerlo.

—Se recuperará pronto. Su lesión era moderadamente mortal.

—¿Lo ves? —dije, mirando a Abigail—. Solo moderadamente mortal. Estará bien.

Octavia nos miró a mí ya Abigail y luego se alejó de la cápsula.

—Si el condestable está bien, me gustaría ver algo. Hitchens, Bolin, ¿os importa acompañarme?

—¿Cómo? —preguntó Hitchens.

Octavia señaló el respaldo de su silla.

—Ah, sí, por supuesto —dijo el bueno del doctor. Agarró el manillar de la silla y empezó a empujarla.

Bolin los siguió y observé cómo los tres se dirigían al pasillo, hacia el ascensor.

Abigail se acercó, asintió con la cabeza y luego se inclinó lo suficiente para ver el interior de la cápsula y observar al chico que estaba dentro. Tocó el cristal y vi en sus ojos lo real que había sido su miedo.

Tal vez ni ella misma lo sabía, pero allí estaba, detrás de esos hermosos ojos verdes. Un tipo de miedo espantoso que no se esperaba, del tipo que uno no veía venir. Te sorprendías cuando lo sentías y la conmoción permanecía contigo hasta que desaparecía y te preguntabas por qué nunca antes lo habías visto. Te preguntabas cómo habías podido dejar que llegara tan lejos.

Abigail había tratado fatal a aquel chico desde el momento en que lo había conocido. Para ella, era una cuestión de odio. Odio hacia la Unión, hacia las personas que le habían hecho cosas horribles a Lex en aquel laboratorio.

Sabía lo que era sentir un odio así… Querer a una persona muerta por lo que representaba. Habría apostado que lo sabía mejor que la mayoría, y tal vez por eso pude ver con tanta claridad el remordimiento que vino a continuación.

Porque sabía lo que significaba tener miedo de mí mismo…

Miedo de lo que tanto odio podría hacer conmigo.

Capítulo 12

Alphonse entreabrió los ojos y parpadeó varias veces, intentando enfocar la vista. Se humedeció los labios y tragó saliva.

—Bienvenido de nuevo —le dije, de pie junto a su cápsula. Estaba solo en el pabellón médico, con la excepción del propio condestable. Abigail se había ido hacía solo unos minutos, pero volvería pronto.

—¿Dónde…? —murmuró Alphonse, a todas luces confundido por lo que estaba pasando.

—Te llevaste un buen balazo en el pecho. La bala estaba alojada cerca de una arteria, pero la hemos sacado —expliqué—. Felicidades. Tienes la oportunidad de vivir.

—Es un alivio —dijo, intentando sonreír.

—¿Te duele mucho? —pregunté.

Se impulsó hacia arriba, intentando enderezar la espalda.

—Es soportable. Gracias, capitán.

—No me lo agradezcas a mí —le dije, haciendo un gesto desdeñoso con la mano—. Yo no he hecho nada.

Intentó reírse de mi humildad, pero acabó tosiendo.

—Fuiste un idiota al hacer lo que hiciste —dije tras un breve momento de silencio—. Casi la palmas.

—No podía dejar que esa mujer muriera —dijo, poniendo la misma expresión inocente a la que ya me había acostumbrado. Alphonse nunca me había parecido un condestable, o al menos no se correspondía con la imagen mental que tenía de ellos. Sabía cómo pelear, sí, pero siempre tenía un aspecto muy inocente, como si fuera un niño confundido acerca de lo que estaba haciendo. Estar a su lado me despertaba un fuerte sentimiento de familiaridad, era como hablar con un viejo amigo. Al principio, había pensado que era una táctica para ganarse mi confianza, pero en aquel momento empezaba a creer lo contrario. Puede que solo fuera su personalidad. A lo mejor en realidad solo era una persona amable.

—Arriesgaste tu vida para salvar a Abigail —afirmé, apoyando la mano en un lateral de la cápsula—. Y eso que ella te ha tratado como a una mierda.

—Tenía una buena razón para hacerlo —dijo—. Estaba intentando proteger a una niña.

Lo dijo de forma genuina, como si de verdad lo creyera.

—Debo admitir que me preocupaba que la bala pudiera haber detonado la bomba que llevaba dentro —continuó, riéndose un poco.

—Nunca hubo bomba, Al. ¿No te habías dado cuenta ya de eso? —pregunté.

Era cierto. Por mucho que no hubiera estado seguro acerca de Alphonse en ese momento, lo de ponerle una bomba en el estómago había sido un engaño. Atenea había explicado que dicha cirugía sería demasiado difícil, en especial dada la poca energía que tenía Titán en ese momento. Había supuesto que fanfarronear sería suficiente para mantenerlo a raya y, además, yo era un tirador rápido... y él no tenía un arma.

—Estaba bastante seguro de que estaba mintiendo —respondió—. Aunque tener la certeza absoluta es imposible con estas cosas.

Asentí.

—De nada.

—¿Por qué? —preguntó.

—Por no hacerte explotar —le dije.

—Siempre está bromeando. —Sonrió.

—¿Qué pretendes, Al? ¿Qué sacas tú de ayudarnos a cualquiera de nosotros? Dime la verdad. Sé que hay más cosas dentro de esa estúpida cabeza tuya que las que has dejado entrever.

Esta vez, logró soltar una carcajada, pero solo una pequeña.

—Tiene que entenderlo, capitán. Si bien podía desear ayudarlo, sigo siendo un condestable. No podía estar seguro de que tuviera razón, no hasta que dispusiera de datos suficientes. —Se aclaró la garganta—. Leí sobre Lex cuando trabajaba en la Torre Roja. Es donde los condestables guardan todos los informes clasificados. Oí hablar sobre los experimentos a uno de mis compañeros, alguien a quien podría llamar compañero, pero no amigo. Mencionó que se estaba llevando a cabo un trabajo interesante en el tercer laboratorio.

—¿El tercer laboratorio? —pregunté—.¿Así es como se llama el sitio donde retenían a Lex?

Él asintió.

—Exacto. Localicé los archivos, que están en un sistema cerrado, lo que significa que no se puede acceder a ellos desde fuera de las instalaciones. Empecé a leer sobre el trabajo que se estaba llevando a cabo y, como suele pasarme, me obsesioné. Quería saber todo lo que había que saber sobre los niños.

—¿Niños? —pregunté—. ¿Cuántos había? ¿Tenían todos los mismos tatuajes que Lex?

—No, no del todo, aunque no fue por falta de intentos —dijo—. Después de descubrir la existencia de Lex, empezaron a trabajar en un método para replicar las marcas. Usaron a varios niños como sujetos de prueba, cada uno por diferentes razones. Se llevaron a cabo miles de pruebas, todas las cuales resultaron ser un fracaso total, como ya habrán adivinado.

—¿Fracaso? ¿Eso significa que los demás niños…?

—Me temo que sí, capitán —dijo Alphonse—. No puedo ni empezar a imaginar cuántas vidas se perdieron. Incluso después de que ustedes se llevaran a la niña, la Unión continuó con sus intentos de replicar sus habilidades, ninguno de los cuales había tenido éxito la última vez que lo comprobé.

—¿Cuántos? —pregunté con un gruñido bajo.

Guardó silencio un momento.

—Cientos. Quizá más.

Lo miré con incredulidad, tratando de imaginarme a tantos niños, todos ellos perdidos. No podía hacerme a la idea. Era inimaginable.

—A decir verdad, capitán, no estaba seguro de si usted era mejor o no —añadió Alphonse—. No hasta que pude observarlo por mí mismo.

—¿Observar? —pregunté, saliendo de mis pensamientos—. Según recuerdo, te hicimos prisionero y te encerramos en una celda. ¿Me estás diciendo que todo eso era parte del plan?

—Se desarrolló de forma un poco más caótica de lo que esperaba por culpa de Docker, como recordará. Solo quería ver si se podía confiar en usted en lo referente a la niña.

—¿Y si no se podía confiar en mí? —pregunté, enarcando una ceja—. Me parece recordar haberte puesto una pistola en la cara… más de una vez.

—Sabía que no me dispararía. No es de los que disparan a un hombre desarmado —dijo.

—Haces muchas suposiciones —añadí.

—No —dijo—. Yo investigo. Le sorprendería lo que se puede encontrar en la base de datos de la torre. Tienen perfiles de todos ustedes.

—¿De verdad? —pregunté con una sonrisa.

—Es usted un hombre honorable, capitán Hughes, quiera admitirlo o no —dijo el condestable.

Solté un resoplido burlón

—Vete a la mierda, Al.

Volvía del pabellón médico cuando salí del ascensor y vi a Octavia. Estaba sola, impulsando ella misma su silla. La saludé con un movimiento de cabeza y pregunté:

—¿Dónde está el profesor?

—Ayudando a Bolin a limpiar una de las habitaciones para que Camilla pueda tener su propio espacio —me informó.

Camilla y su padre habían estado compartiendo una habitación desde nuestra llegada. Todos nos habíamos visto restringidos a la cubierta principal, pero, ahora que se había restablecido la energía, parecía que había varias habitaciones más abiertas.

—¿Vas a ver cómo está Alphonse? —pregunté.

—Pues no —dijo ella—. Atenea dice que ya puede abrir el armario de suministros médicos. Tenía pensado echar un vistazo.

—¿Armario de suministros? ¿No estará todo caducado ya? —pregunté.

—No todo —dijo—. Esta nave estaba destinada a viajar durante varias generaciones. Se tomaron la molestia de poner parte de las medicinas en estasis.

—Si no había energía en esa planta, ¿cómo podía mantener los suministros? —pregunté.

—Energía de reserva —intervino Atenea. Su voz incorpórea nos hizo estremecer a ambos—. Disculpe la interrupción, capitán, pero, para responder a su pregunta: hay varios sistemas de emergencia conectados directamente a la fuente de energía de reserva. Existe un árbol de prioridades para garantizar que lo esencial reciba corriente en todo momento.

—Ahí lo tienes —dijo Octavia, pasando a mi lado—. Haré un inventario y te haré saber lo que tenemos. Con suerte, habrá algo que valga la pena.

Subió al ascensor y yo me quedé viendo cómo se cerraban las puertas.

—Capitán —dijo Atenea—. Si me lo permite, me gustaría tener unas palabras.

—¿Qué pasa? —pregunté.

—Creo que tenemos un problema que requiere su atención inmediata. —Saltó a la existencia y se manifestó a mi lado en su forma física.

La mano se me fue directa a la pistola y al instante siguiente me relajé.

—Joder.

—He detectado movimiento acercándose a nuestras coordenadas actuales. Creo que es una nave de la Unión, bastante grande, junto con muchos otros vehículos.

—¿Una nave grande? —pregunté. Mi mente conjuró el peor escenario posible.

Ella asintió.

—La hemos visto antes. Es el Amanecer Galáctico.

Abrí los ojos como platos al oír aquel nombre.

—¿El Amanecer? ¿Estás segura?

—No puedo ofrecerle una confirmación precisa, pero, basándome en su tamaño y forma, es muy probable —dijo.

—Parece que todavía no nos hemos librado —dije—. ¿Nos da tiempo a huir?

—Llegarán en unos minutos. Pido disculpas por no haberle informado antes, pero mis sensores de largo alcance no han podido detectarlos hasta que se ha restablecido la energía.

Sentí calor en las mejillas, una tensión creciente en la garganta.

—Di a los demás que se reúnan conmigo en la plataforma de aterrizaje —ordené—. Dispón cualquier arma que tengas y prepárate para saltar al desliespacio.

—Entendido, capitán —dijo la mujer cognitiva.

De repente desapareció y me dejó solo en el pasillo. Eché a correr, cada vez más rápido, y me dirigí a mi nave, con la esperanza de tener tiempo suficiente.

CAPÍTULO 13

Todos acudieron al hangar, incluidas las niñas. Yo ya estaba a bordo de la Estrella, preparando la nave para despegar en caso de que fuera necesario.

Me toqué el oído.

—Siggy, conéctame con los demás, que están ahí fuera.

—Por supuesto, señor —dijo la IA—. Por favor, hable cuando esté listo.

Me aclaré la garganta.

—En caso de que Atenea se haya olvidado de decíroslo, Brigham está en camino. Estará aquí en cualquier momento —expliqué.

—¿En camino? —preguntó Abigail, que estaba junto a Freddie y Hitchens.

Bolin inclinó la cabeza.

—¿Ese es el hombre que os ha estado persiguiendo? ¿El general?

—El mismo —confirmé—. Viene a por nosotros, junto con muchas otras naves. Atenea está preparando el motor para saltar al desliespacio, pero necesita un poco de tiempo. El nuevo núcleo todavía no se ha integrado por completo.

—¿Qué significa eso para nosotros? —preguntó Octavia.

—Significa que tenemos que retrasarlos —dije—. Atenea, ¿puedes oírme?

—Sí, capitán —dijo el ente cognitivo.

—Voy a sacar la Estrella para lanzar unas cuantas docenas de minas justo en frente de nosotros. Crearemos un túnel y no tendrán más remedio que atravesar las bombas —expliqué.

—¿Qué podemos hacer para ayudar? —preguntó Abigail.

—Esto es trabajo de un solo hombre. El resto quedaos aquí mientras Siggy y yo nos encargamos de lo que pasa fuera. —Me senté en la silla, me puse el arnés y empecé a preparar el motor.

93

—No puedes pretender que el resto esperemos aquí mientras tú sales ahí fuera—dijo Abigail.

—¿Por qué no? No es que necesite que me ayudes a lanzar un par de bombas —espeté.

—Alguien tiene que manejar las armas mientras arrojas bombas —agregó.

—Puedo encargarme de ambas cosas. Ya lo he hecho antes.

Ella irrumpió en la nave.

—¡Sigmond, abre la maldita puerta!

—De inmediato —dijo Sigmond.

La puerta de la compuerta cayó lentamente al suelo.

—¡Mierda, Siggy! —ladré—. ¡Se supone que no debes aceptar órdenes de nadie que no sea yo!

—Disculpe, señor, pero la señorita Pryar ha sido bastante insistente —dijo.

Abigail subió al interior y empezó a trotar hacia la cabina. Cerré la compuerta y dispuse los motores para el despegue.

—¡Todos los demás, entrad y esperad a que volvamos!

—Nos vemos enseguida —dijo Bolin.

—Intentad no morir —suplicó Octavia.

Abigail llamó a la puerta y abrí. Entró arrastrando los pies y se sentó a mi lado para abrocharse el cinturón.

—No puedo creer que hayas estado a punto de dejarme aquí, Jace.

—No quería que te pusieras en peligro —le dije.

Giró la cabeza con brusquedad para mirarme con el ceño fruncido.

—No importa lo que tú quieras. ¡Lo único que importa es lo mejor para el equipo! Que te vayas por tu cuenta no es lo mejor. Es lo contrario. ¿Qué pasa si te matan?

Suspiré.

—Así no puedo salirme con la mía.

—Y nunca lo harás mientras yo esté aquí —dijo.

La Estrella Renegada despegó de la cubierta de Titán y se abrió paso hacia el espacio, dejando atrás a los demás. Estarían a salvo por el momento, siempre y cuando pudiéramos colocar las bombas y retrasarlos.

El tiempo suficiente para que Titán pudiera abrir ese túnel y largarse de allí.

El túnel de deslizamiento se abrió mientras aún estábamos desplegando las bombas y la primera de varias naves entró en el sistema. Sin embargo, no se trataba del Amanecer Galáctico, sino de otra nave militar de la Unión cuyas credenciales no reconocí.

—Capitán Jace Hughes de la Estrella Renegada, está bajo arresto por el secuestro de...

Corté la transmisión.

—Cierra el pico —dije, sabiendo que no podían oírme. Dejé caer la última de las minas. La pequeña bomba negra se deslizó desde el interior de mi nave hacia el espacio abierto y se quedó inmóvil.

—¿De verdad crees que esto será suficiente para frenar a esas naves? —preguntó Abigail.

—Sin duda —afirmé mientras nos alejaba de los explosivos que en aquellos momentos rodeaban a Titán.

—Señor —intervino Sigmond—. Por favor, tenga en cuenta que la nave entrante está cargando las armas.

—¡Levanta los escudos! —ordené.

Una explosión nos golpeó en un lateral, pero los escudos absorbieron la mayor parte del daño.

—Idiotas —murmuré—. Les darán a las minas si no tienen cuidado.

Di la vuelta, con la nave espacial enemiga en el punto de mira. Abigail agarró los mandos, fijó el objetivo y disparó una ráfaga en cuanto tuvo la oportunidad.

La nave enemiga vino volando en nuestra dirección, justo cuando varias de las otras comenzaban a emerger del túnel. Antes de que pudiera decir nada más, se formó otra grieta en el espacio cercano. Era un túnel separado del anterior, lo que significaba aún más refuerzos.

—Los sensores detectan la llegada de una nave sarkoniana —informó Siggy.

Me entraron ganas de maldecir. No esperaba que llegaran tantas tan pronto.

—¡Empieza a disparar! —le grité a Abigail mientras me ponía a volar en un ángulo de noventa grados, alejándonos de las minas y de la nave que se aproximaba.

Descendimos para esquivar los disparos. La otra nave me siguió y, por un breve instante, consideré intentar atraerla para que se acercaran más a las minas, pero me contuve. No serviría de nada desperdiciar las bombas con una nave tan pequeña. Las necesitábamos para el plato fuerte, el mismísimo Amanecer Galáctico, que aún no había llegado.

La voz de Atenea sonó por el comunicador.

—Capitán, los motores están preparados. En estos momentos estoy creando el túnel de deslizamiento. Por favor, regresen a Titán de inmediato.

—¡Dame un puto segundo! —grité mientras tiraba de la palanca de control.

Nos movimos alrededor de otra nave de combate y Abigail siguió abriendo fuego contra ella, dándole repetidas veces en el escudo.

—Siggy, ¿en qué estado está esa nave? —pregunté.

—Analizando. La nave en cuestión está utilizando un escudo estándar de nivel medio. Dos impactos directos con un cañón cuádruple deberían desactivarlo.

—¿Has oído eso? —pregunté, mirando a Abby—. ¡Aprovecha los disparos!

Ella asintió, luego se dio la vuelta y apuntó, pasando la mano sobre el holograma de orientación del tablero. Disparó el primer cañón cuádruple pero no le dio al objetivo.

Abby maldijo, entrecerró los ojos y volvió a intentarlo. Esta vez, el torpedo impactó contra la nave y la oí soltar un suspiro de alivio. No tardó nada en volver a disparar. La fuerza combinada de las dos explosiones fue suficiente para romper el escudo.

Nos acerqué más.

—¡Otra vez! —grité.

Se inclinó hacia delante, agarrando con fuerza el mando, e iluminó la maldita nave con una lluvia de disparos. Múltiples proyectiles penetraron en el casco, partiéndolo casi por la mitad e incendiando los motores. La nave explotó con un estallido descomunal justo cuando volvíamos hacia las minas.

Sin perder ni un segundo, las otras naves empezaron a moverse, todas ellas activando escudos y armas en el proceso. No estaban dispuestas a dejar escapar a Titán, no sin hacer todo lo posible para impedirlo.

La nave líder de la flota, un vehículo pequeño de la Unión similar a aquel en el que habíamos encontrado a Alphonse, se topó con una mina en cuanto entró en la zona. La explosión destruyó la pequeña nave, y la dividió en cientos, si no miles, de pedazos. El resto de la flota se quedó atrás al darse cuenta por fin de que había bombas esperándolos.

En cuestión de segundos, comenzaron a disparar misiles contra el campo minado, intentando despejar el camino. Parecía que iba a funcionar, aunque despacio, cuando los torpedos comenzaron a chocar con las minas, de uno en uno.

Habíamos creado tres capas hexagonales de minas entre la flota enemiga y Titán, que era el área de protección más eficaz que podíamos establecer en tan poco tiempo. La flota no tardaría mucho en abrirse paso, pero Atenea solo necesitaba un momento.

Los rayos de Titán se activaron en el centro de la nave y produjeron un desgarro en el espacio, creando así un nuevo túnel. El proceso fue rápido y, en cuestión de segundos, la abertura estaba formada.

—Esa es nuestra señal —dije—. Siggy, llévanos…

Antes de que pudiera terminar, sentí que la nave entera se movía hacia un lado, como si nos hubieran golpeado.

—¿Qué ha sido eso? —pregunté.

—Nuestros escudos están recibiendo fuego pesado, señor —informó Sigmond—. No aguantaremos mucho tiempo en estas condiciones.

—¿Quién narices es ahora? —pregunté. El holograma cambió para mostrarme una nave sarkoniana que nos perseguía sin dejar de disparar. Estaba demasiado cerca para sentirme cómodo.

Abigail giró en su asiento.

—¿Deberíamos huir?

—¡No hasta que los derribemos! —espeté.

—¡Si no nos andamos con cuidado, nos quedaremos sin escudo! —me gritó a su vez.

—No podemos dejar que nos sigan de vuelta a Titán—dije.

Hice girar a la Estrella y apunté a la nave sarkoniana. Abigail le dio a la nave con uno de los cañones, pero eso no pareció frenarla.

—Señor, estoy detectando movimiento en la superficie de la nave enemiga —dijo Sigmond.

—¿Qué clase de movimiento? —pregunté.

—Creo que están desplegando un arma —afirmó.

El holograma mostró parte de la nave sarkoniana retrayendo una porción del casco hacia el interior para revelar una especie de cañón.

—¿Qué leches es eso? —pregunté.

—¡Disparando torpedos! —gritó Abigail.

Los cañones cuádruples impactaron directamente contra la otra nave, pero, antes de que pudiéramos congratularnos por ello, algo nos golpeó en el lateral del casco.

La Estrella Renegada tembló y me obligó a ponerme el arnés.

—¿Qué ha sido eso?

—La nave enemiga ha sido inmovilizada —dijo Sigmond.

—¡Eso no es lo que he preguntado, maldita sea! —estallé.

Abby tocó el tablero y desplegó un análisis de sensor del casco.

—Parece que hay algo en el lateral de la nave—alertó.

Hice *zoom* sobre el objeto, que emitía un resplandor rojo contra el contorno azul de nuestro casco.

—Siggy, escanea esa cosa. A ver qué es.

—Analizando… —dijo la IA—. Parece tratarse de una bomba de neutrones, preparada para la detonación remota.

—¿Acaba de decir «bomba»? —preguntó Abigail.

—En efecto —respondí, tirando de las palancas de control hacia atrás para encaminarnos en la dirección opuesta—. Tenemos que alejarnos de las otras naves que hay aquí antes de que una de ellas nos dispare y haga estallar esa cosa.

—¿Deberíamos atracar dentro de Titán? —preguntó.

Negué con la cabeza.

—No podemos llevar la bomba dentro de la nave, tenemos que librarnos de ella. —Pulsé el botón que activaba el comunicador—. Atenea, ¿me oyes?

—Afirmativo —respondió ella.

—Entra en el túnel. Iremos justo detrás de ti. Tengo un pequeño asunto del que ocuparme.

—¿Está seguro? —preguntó Atenea—. ¿Qué está retrasando su llegada? ¿Necesita ayuda?

—Llevamos una bomba en la espalda. No puedo arriesgarme a volver con ella.

—Capitán, debo insistir en que no…

—¡Limítate a hacer lo que te digo y vete!

—Como quiera —dijo Atenea—. Enviaré nuestro próximo destino a Sigmond. Por favor, acepte los datos.

—Coordenadas recibidas —informó Sigmond.

—¿Has oído eso? —pregunté—. Las tenemos. ¡Ahora largo de aquí! ¡Nos veremos allí!

—Entendido, capitán. Buena suerte —se despidió Atenea.

Varias de las naves enemigas comenzaron a avanzar hacia Titán. La nave del tamaño de una luna se abrió camino hacia el túnel de deslizamiento recién creado y desapareció gradualmente en el interior hasta que quedó sumergida por completo. Las demás naves entraron en el campo minado, decididas a no dejar escapar a Titán.

Mientras la flota estaba distraída con su misión suicida de recuperar a Lex, establecí las coordenadas de otro túnel, cerca del final del sistema.

La Estrella Renegada se alejó de la flota enemiga, poniendo el mayor espacio posible entre nosotros y ellos. Mi nave no era la más rápida de la galaxia, pero, como las demás estaban tan distraídas, tendríamos una oportunidad de salir de allí.

Me desabroché el arnés.

—Quédate aquí y mantén el rumbo —dije mientras me ponía de pie. Presioné el interruptor para abrir la puerta y me dispuse a salir.

—¿A dónde crees que vas? —preguntó Abigail.

—En caso de que ya lo hayas olvidado, llevamos una bomba en el culo. Alguien tiene que encargarse de ella.

—¿Tú solo? —preguntó—. ¿Cómo vas a…?

Eché a correr por el pasillo.

—¡Te llamaré por el comunicador cuando esté afuera! —grité por encima del hombro.

Giré en el vestíbulo y me fui directo a la bodega de carga. Los armaritos ya estaban abiertos, así que agarré uno de los trajes y empecé a vestirme.

—Siggy, ¿cuánto tiempo tardarán nuestros escudos en reactivarse? —pregunté mientras metía los brazos en las mangas.

—La nave sarkoniana ha usado una carga electromagnética para interrumpir la polaridad de nuestro escudo. Los efectos son temporales. Parte de la energía se restablecerá en treinta segundos —respondió la IA.

—Perfecto —dije, abrochándome el cinturón—. Activa los escudos lo antes posible y luego desactívalos cuando te avise.

—Como desee, señor.

Me aseguré de tener el casco bien puesto y luego activé mi tanque de oxígeno. El sabor fresco del aire entró en el casco y escuché el eco de mi propia respiración. De repente me di cuenta de lo rápido que me latía el corazón.

—Maldita sea —murmuré—. Cuántos problemas.

Una vez que se restauró el escudo, salí de la nave y usé mis botas para sujetarme magnéticamente el casco mientras avanzaba despacio, paso a paso, hacia la bomba.

La bomba, que, como comprobé, se había acomodado en la sección que quedaba justo encima de mi dormitorio. Si esa cosa terminaba destrozando mi cuarto, me iba a cabrear mucho.

—Abigail, ¿me recibes? —pregunté, activando el comunicador.

—¡Sí! —respondió con apenas un poco de estática cubriendo su voz.

Di otro paso, dejando que el imán de mis botas se agarrara por completo al casco antes de moverme de nuevo.

—Casi he llegado a la bomba. Céntrate en llevarnos al túnel.

—Llegaremos en… seis minutos —me informó.

—Es posible que tengamos que quedarnos ahí un momento mientras me desprendo de esto, pero lo lograremos —dije, dando otro paso.

Por fin pude ver el bulto sobre mi casco, que descansaba a varios metros cerca del centro de la Estrella Renegada. Parecía un tumor, un extraño veneno que no encajaba allí.

Me abrí camino hacia delante, cada vez más consciente del peligro en el que me estaba metiendo. Cada paso me acercaba más y más a una maldita bomba.

Crucé la esclusa de aire, con cuidado de no tocar la ventana de cristal, ya que no era de metal y lo último que necesitaba era perder el equilibrio.

—Señor, un examen más completo del dispositivo ha revelado un pequeño problema —informó Sigmond.

—¿Qué pasa ahora? —pregunté. La bomba estaba a solo dos metros de distancia. Ya casi estaba encima.

—La carcasa en sí es de polimetal sarkoniano estándar, mientras que el mecanismo de bloqueo y el panel están revestidos con neutronio, lo que dificulta su apertura. Puede ser mejor deshacerse del dispositivo de forma manual, en lugar de desmontarlo.

—¿Me estás diciendo que no puedo abrirla? —pregunté.

—Eso es correcto.

Emití un gruñido audible.

—Me estás matando, Siggy.

—Mis disculpas, señor. Mi intención es todo lo contrario.

Suspiré y di el último paso, luego me agaché para quedar a medio metro de la bomba. Recuperé un pequeño paquete que me había atado al cuerpo y saqué la sierra térmica del interior.

—Es hora de una cirugía de último minuto.

Tres minutos después, ya estaba bastante seguro de que iba a hacer estallar mi nave por accidente.

Usé la sierra térmica para calentar el casco y reducir lentamente las áreas de alrededor de la bomba.

El sudor me goteaba por la frente y caía por el interior de mi traje. De repente era como una sauna. ¿De verdad estaba tan nervioso?

Las manos me seguían temblando, así que pensé que debía de estarlo. Aun así, no dejé que eso me impidiera seguir adelante con el trabajo. No era como si otra persona fuera a venir y salvarnos. Dependía de mí.

Aquella idea me hizo sonreír. Le había dicho a Camilla lo mismo no hacía mucho. El universo era una tormenta de mierda, y la única persona en la que puedes confiar es en ti mismo. Tal vez fuera cierto, pero Abigail estaba dentro en ese mismo momento, encargándose de los mandos. No tenía por qué estar allí conmigo en aquella estúpida misión. Había elegido ir conmigo… para ponerse en primera línea.

Puse los ojos en blanco. «Lo único que significa es que ambos somos idiotas —pensé, con una leve sonrisa en la cara—. Pero, aun así, mejor ser tontos juntos que estar muertos y solos».

Continué derritiendo el metal alrededor de la parte inferior de la bomba, despegándola del casco, centímetro a centímetro.

—Jace, ya casi estamos en el túnel —dijo Abigail por el comunicador—. ¿Cuánto tardarás en volver a entrar?

—Todavía estoy liado con esto. Espera —contesté.

—Entendido —respondió ella.

Agarré la bomba por un lado y tiré de ella, intentando despegarla de la parte trasera de la nave. Una de las luces parpadeantes cambió de verde a naranja, por primera vez desde que estaba allí fuera.

—¿Qué…?

—La bomba se está activando, señor —dijo Sigmond—. Por favor, téngalo en cuenta. Va a det…

—¡Mierda! —espeté, intentando arrancarla de lo último que quedaba del casco derretido—. ¡Siggy, prepárate para bajar el escudo en cuanto te lo diga!

—Sí, señor —respondió.

Agarré el explosivo con ambas manos para separarlo del casco. Se negaba a despegarse del todo, ya que todavía estaba unido a la nave por una fina pieza de metal blando. Me puse en cuclillas, empujando contra la nave, y tiré del dispositivo con cada gramo de fuerza que pude reunir. La resistencia que sentí desapareció de repente y no me caí hacia atrás por bien poco.

Giré sobre los talones, llevando la bomba hacia mi pecho y apuntando con ella hacia la parte trasera de la Estrella Renegada.

—¡Ahora, Siggy! ¡Baja los escudos!

El área alrededor de la nave parpadeó.

—Escudos desactivados, señor —dijo Sigmond.

—¡Allá vamos! —grité, arrojando la bomba de megatones lejos de mí. Se alejó flotando, todavía en la misma dirección en la que volábamos en aquel momento, pero ligeramente desviada, gracias a mi empujón.

—Excelente trabajo, señor —me felicitó Sigmond.

—Gracias, Siggy —dije, permitiéndome respirar—. Levanta los escudos en cuanto esa cosa esté fuera de nuestro…

La bomba explotó antes de que pudiera terminar. La nave sufrió una sacudida al instante y sentí la fuerza de la explosión cuando me arrancó del casco. Volé en espiral hacia el vacío, alejándome de la Estrella, incapaz de corregir mi ángulo.

Traté de decir algo… Llamar a Abby y preguntarle si estaba bien… Preguntarle a Siggy si la nave seguía intacta.

Sobre todo, intenté mantener los ojos abiertos.

Capítulo 14

Sentí que una mano se cerraba alrededor de mi muñeca y me sacaba de la cama. No me sorprendió, porque había oído a mi padre acercarse, pisoteando el viejo suelo de madera mientras marchaba en mi busca. Era capaz de oler el licor incluso antes de que entrara en mi habitación.

—Arriba, Jacey —dijo—. Quiero enseñarte algo.

Salté sobre un pie mientras me arrastraba por la habitación hacia la puerta y me conducía a la sala de estar principal.

Yo ya sabía de qué se trataba. Había oído cómo le gritaba a mi madre hacía unas horas, antes de ir al bar. Quería marcharse e ir a reunirse con el tío Teddy en Talos, la colonia más cercana a Epsy. Había buenas perspectivas, le había dicho él. Mi padre siempre estaba hablando de perspectivas.

Tropezó antes de que llegáramos al sofá, el pie se le enganchó en una tabla suelta del suelo.

—¡Mierda! —gritó—. Se me ha olvidado arreglar eso. ¿Por qué no me has recordado lo del maldito tablón?

Llevaba tres meses con la intención de arreglarla, pero todavía no había encontrado el momento.

Me senté en el sofá, mientras mi padre estampaba su enorme trasero en un taburete frente a mí. Vi la pistola que llevaba en la cadera, la misma de la que no se había separado desde que tenía dieciséis años. La misma con la que, según me había contado, había matado a más de cuarenta hombres.

—Tu madre dice que no tengo lo que hay que tener, Jacey —dijo el minero con sobrepeso—. Dice que la gente como nosotros no tiene posibilidades de ascender. ¿Qué te parece eso?

—¿Por qué ha dicho eso mamá? —pregunté, creyéndolo al instante.

—Ella no sabe nada de nada, Jacey. Es una mujer de poca monta. —Se tosió en el puño y la saliva gris le manchó los dedos—. Tú y yo estamos hechos de una pasta mejor, ¿verdad? ¡Seremos renegados y tendremos una vida emocionante!

—¡Sí! —exclamé, emocionado por el sonido de aquella palabra. Hacía poco que mi padre había empezado a hablarme sobre los renegados y lo maravillosas que eran sus vidas. Me había contado que tenían naves y viajaban por toda la galaxia, haciendo lo que les daba la gana. «Si fueras un renegado —decía siempre mi padre—, podrías tenerlo todo».

—Este puto planeta se está yendo a la mierda y soy lo bastante listo como para ver en qué dirección sopla el viento. ¿Sabes de lo que hablo, Jacey? —preguntó.

Asentí.

—¡Es una mierda!

Se rio.

—Tu madre es una simple. No es capaz de verlo. Pero tú sí, ¿verdad, Jacey?

Asentí de nuevo.

—¡Sí, papá! ¡Huele a mierda! —Me tapé la nariz como prueba.

Él clavó la vista en mí, con una expresión estúpida en su rostro, como si por un momento se hubiera perdido, pero luego sonrió.

—Exacto. Tú lo pillas. Pues claro que mi hijo lo entiende. —Me golpeó la rodilla con su corpulenta mano. Mi padre me dedicó una sonrisa, de labios torcidos y rojos—. Adivina lo que tengo en el bolsillo, Jacey —dijo, llevándose la mano al bolsillo para enseñármelo antes de que pudiera darle una respuesta. Escuché el crujido de algo, luego sacó un trocito de papel y me lo plantó delante de la cara—. ¿Sabes qué es esto? —preguntó—. Es un billete. Un billete especial, de esos de los que siempre hablábamos.

Abrí mucho los ojos.

—¿Tienes un billete para ir al espacio? —pregunté, boquiabierto—. ¡Es imposible!

Me lo estampó en la cara y me dio un golpe torpe en la frente, aunque no me importó. Estaba demasiado ocupado intentando ver lo que ponía en el boleto.

CLASE – ESTÁNDAR
HORA DE SALIDA – 3PM
ADULTO – UNO
DESDE – VERNIN, EPSY
A – ARENSDALE, TALOS

—¿Lo ves? —preguntó, intentando que no le temblara la mano—. Ahora podremos hacer lo que siempre hemos querido, Jacey.

—¡Guau! —exclamé.

Él sonrió.

—Nuestro tiempo en este agujero de mierda se ha acabado. No pasará mucho tiempo antes de que todo el mundo, desde la Unión hasta Sarkonia, hable sobre los hombres Hughes. ¿A que sí?

—¡Nadie es mejor que un Hughes! —grité, recitando la frase que mi padre solía clamar cuando comparaba a nuestra familia con cualquiera.

Empezó a reírse, pero acabó tosiendo.

—Eres gracioso —dijo, aclarándose la garganta y jadeando. Todos esos años en las minas no le habían hecho ningún favor a mi padre.

—¿Cuándo podemos ir? —pregunté, sonriendo—. ¿Cuánto tiempo tendremos que esperar antes de ser renegados?

Él se rio.

—Qué gracioso eres, Jacey. No me puedo llevar a un niño a Talos. Tengo que ir allí por mi cuenta para poder conseguir un buen trabajo.

Fruncí el ceño, pero sabía que no debía hacerlo. Mi padre nunca me dejaría atrás si no tuviera que hacerlo. Lo sabía de sobra.

—No te preocupes, Jacey. Te quedarás aquí una temporada. Primero tengo que conseguir un buen trabajo, pero luego no me llevará mucho tiempo conseguirte un billete a ti también. —Hizo una pausa de un segundo—. Y para tu madre. Ahora no cree en nuestro sueño, pero lo hará. Espera y verás.

—Vale, papá. Esperaré aquí y seré bueno —dije, intentando actuar como un tipo duro.

Él sonrió.

—¡Te apuesto lo que quieras a que no tardaré más de un mes! Puede que menos si consigo trabajar con esos peces gordos del transbordador. —Intentó guiñarme un ojo, pero parpadeó con ambos—. Va a ser difícil, pero espera y verás, Jacey. ¡Voy a triunfar ahí fuera!

Escuché un golpe en la puerta principal y mi padre se estremeció, sobresaltado por el sonido.

—Ese debe de ser… —Me miró—. Eh… Lo siento, chico, pero tengo que irme ahora para coger el vuelo mañana. Tengo que viajar hasta Vernin City. ¿Recuerdas cuando fuimos allí hace unos años?

Otro golpe en la puerta.

—¿Hola? —llamó un hombre—. ¿Alguien ha pedido que lo lleven?

Mi padre se puso de pie.

—¡Voy! —gritó, y en una voz más suave, dijo—: Siento tener que irme así, Jacey, pero nos veremos muy pronto, ¿entendido?

—Entendido —repetí, intentando mantener la sonrisa.

Lo vi dirigirse a la puerta y luego hacer una pausa para mirarme. Sus ojos se detuvieron en mí un momento, una expresión distante en su rostro, una que no reconocí. Luego me sonrió con la misma sonrisa encantadora que siempre exhibía.

—Algún día, Jacey, aprenderás… lo que significa ser un hombre. Algún día sabrás lo que se siente al ser yo.

Se dio un golpe en el pecho con el puño y cerró la puerta.

En busca de mejores perspectivas.

—Jace —me llamó una voz débil.

Me removí dentro de mi traje.

—¡Jace!

Abrí los ojos y, de repente, estaba jadeando.

—¡Dioses! —espeté, confundido acerca de dónde estaba y cómo había llegado allí—. ¡Menudo infierno!

—Jace, ¿estás bien? —me gritó una mujer al oído.

Tardé un segundo en darme cuenta de quién me estaba hablando.

—¿Abby? —pregunté, tratando de orientarme. Giré la cabeza tanto como pude, solo para darme cuenta de que estaba encerrado dentro de un puñetero traje espacial. «Uy, cierto», pensé, recordando lo de la bomba.

—No te preocupes, daré la vuelta a la nave para recogerte —dijo Abby.

—Me temo que eso puede presentar cierta dificultad —intervino Sigmond.

—¿Qué quieres decir? —pregunté.

—Los propulsores han resultado dañados durante la explosión —explicó—. Estamos operando solo al treinta por ciento. Tardaremos varios minutos en recogerlo. Lo lamento, señor.

—No pienso irme a ningún lado, pero será mejor que mováis el culo—dije.

Todavía estaba dando vueltas por la fuerza de la explosión, así que accedí al panel de control de mi brazo y activé los estabilizadores del traje, que iban unidos a los hombros izquierdo y derecho. Cada compartimento contenía solo una pequeña cantidad de nitrógeno comprimido para corregir la velocidad, lo que significaba que únicamente era para emergencias. Como supuse que aquello contaba como tal, toqué el comando para activar la unidad.

El gas se liberó en chorros, poco a poco, reduciendo gradualmente mi impulso hasta que me quedé casi inmóvil. No más giros, no más espirales en una dirección aleatoria. Tenía suficiente combustible para ayudarme a dar la vuelta o enviarme volando en otra dirección, en caso de que lo necesitara.

Aún no podía ver la Estrella Renegada, pero no esperaba verla con tanta oscuridad. El espacio era vasto y estaba vacío, solo había estrellas para guiar el camino. No sería capaz de ver mi propia nave hasta que la tuviera justo encima de mí. Con Titán la cosa podría haber sido diferente, pero esa nave ya se había ido hacía mucho rato, estaba completamente fuera de alcance.

—Señor, detecto múltiples naves que se aproximan y se separan de la flota —dijo Sigmond.

—¿Naves de ataque? ¿Cuántas? —pregunté, mirando en dirección a la flota. No podía ver nada, ni siquiera las naves más grandes, pero eso no me impidió intentarlo.

—Ocho, señor —respondió.

La Estrella Renegada podría encargarse de dos, tal vez tres naves de ataque, pero ¿ocho? No había ninguna oportunidad.

—¿Cuánto tiempo tardarán en llegar aquí?

—Dos minutos —dijo la IA.

—¿Y cuánto tiempo falta para que me recojáis? —pregunté.

—Tres minutos —respondió.

Me mordí el carrillo e hice una mueca mientras seguía mirando el vacío frente a mí, en dirección al sol del sistema, que brillaba con una intensidad que apenas percibía. Un brillo blanco, muy parecido al de Epsy.

—Siggy —dije, después de un momento—. Abre un túnel. Quiero que lleves a Abigail a las coordenadas que te ha dado Atenea.

Abigail respondió antes de que pudiera hacerlo la IA.

—Jace, ¿qué estás diciendo? No vamos a dejarte atrás. ¡No seas idiota!

La ignoré.

—Siggy, haz lo que te digo. ¿Entendido? Son órdenes del capitán. No me obligues a usar la puñetera contraseña de comando contigo.

—¡Siggy, no escuches a ese idiota! No vamos a dejarlo aquí —insistió Abigail.

—Señor, ¿está seguro? —preguntó Sigmond—. Un análisis rápido concluye que todavía hay un ocho por ciento de posibilidades de éxito, si continuamos en nuestro curso actual.

Sonreí.

—Aprecio tu optimismo, Siggy, pero pon ese culo gordo tuyo en marcha y vete. Tu prioridad ahora es proteger a la monja. ¿He hablado claro?

—¡Jace! —gritó Abigail—. ¡No puedes ordenarme que te deje atrás y ya está! No seas tan…

Corté la comunicación. Lo más probable era que le estuviera gritando a la nave en ese mismo instante, pero qué se le iba a hacer. Era por su propio bien.

El escuadrón de naves de ataque de la Unión llegó poco después de que les diera la orden de partir. No tardaron nada en detenerse justo frente a mí, tan cerca que yo podía verlos y ellos a mí.

Sabía que no me dispararían, no sin antes encarcelarme en una celda e interrogarme para conseguir información. No era tan estúpido como para pensar lo contrario.

Sin embargo, eso no significaba que en el proceso yo no fuera a matar a tantos de esos desgraciados como me fuera posible. Si querían atraparme con vida, les iba a salir caro. Eso podía asegurarlo.

La nave de ataque más próxima se acercó, cerrando la brecha entre nosotros, hasta que estuvo flotando a cien metros de distancia. Podían haber sido menos o más. Era difícil de determinar en mitad del espacio.

La escotilla lateral de la nave se abrió y la puerta se deslizó hacia arriba para revelar a dos hombres, ambos vestidos con un traje espacial. Uno de ellos me señaló y luego señaló la nave. Supuse que estaba intentando decirme que entrara, pero no iba a ponérselo fácil. Primero, ese imbécil tendría que salir a buscarme.

Después de algunos intentos infructuosos de comunicación, me pareció que le decía algo a la persona que estaba a su lado y los dos saltaron fuera de la nave y avanzaron en mi dirección.

Cuando estaban a medio camino de mi posición, me toqué la muñeca y accioné los controles de los propulsores para darme la vuelta. Dándoles la espalda, salí disparado hacia delante y me alejé flotando. Con mi impulso establecido, usé los últimos restos de nitrógeno para girarme y poder verlos. Luego saludé.

Los dos hombres se detuvieron y regresaron a su nave.

—Eso es, imbéciles de mierda —murmuré—. Si me queréis, tendréis que sudar la gota gorda.

Tres de las naves se acercaron y me alcanzaron en segundos. Esta vez, se abrieron todas las puertas en lugar de una sola, y vi emerger a varios individuos, todos listos para obligarme a entrar.

Aquello ya estaba mejor.

Continué flotando y alejándome de ellos hacia el vacío que había a mi espalda. Fue satisfactorio verlos enfurecerse. Contaba con recibir la paliza de mi vida en unos minutos, una vez que me tuvieran dentro de una de sus naves… pero haría que valiera la pena.

Justo cuando tres de los soldados se acercaban a mí, con un gilipollas con pinta de cabreado al frente, sucedió algo.

De detrás de mí surgió un resplandor verde que nos envolvió y que pude ver reflejado en sus cascos y trajes.

Los soldados se detuvieron y se indicaron unos a otros que regresaran a sus naves. Corrieron como cangrejos por la playa, como locos y presos del pánico.

Para empeorar las cosas, el brillo se había vuelto más fuerte y más intenso. Estaba empezando a tocar mi propio traje. Levanté un brazo para intentar ver el reflejo de lo que fuera aquello en el panel de mi muñeca.

Se había formado una grieta en el espacio, una apertura al desliespacio. El remolino verde esmeralda brillaba con intensidad contra mi traje.

Fue entonces cuando la nave emergió. Su enorme casco circular atravesó las paredes relampagueantes. Al principio, no la reconocí. El panel de mi muñeca no proporcionaba grandes vistas, con sus abolladuras y su superficie manchada, pero, después de unos instantes, empecé a reconstruir lo que estaba viendo.

Era Titán, que volvía para plantar cara.

Una de las naves de ataque salió disparada hacia mí, probablemente para hacer un último intento de atraparme, pero, antes de que pudiera acercarse demasiado, un rayo de luz azul nos alcanzó.

Casi todas las naves de ataque quedaron atrapadas en su interior, junto conmigo. Empecé a ascender y alejarme de las naves enemigas, que parecían estar totalmente inmóviles. La nave que se dirigía hacia mí estaba como congelada, inmovilizada e incapaz de atacar o huir.

Mientras tanto, yo seguí moviéndome en un ángulo de cuarenta y cinco grados, con la luz azul rodeándome mientras me acercaba a la fuente.

Mientras me acercaba a Titán.

Cuando me di cuenta de que mi comunicador seguía apagado, lo volví a encender.

—¿Hola? ¿Alguien me recibe? —pregunté.

—Bienvenido, capitán Hughes —respondió Atenea—. Acepte mis disculpas por el retraso.

—¿Qué estás haciendo aquí? —pregunté—. Creía que te había dicho que huyeras.

—Hice lo que me pidió, pero cambié el plan en pleno vuelo. Modifiqué el túnel para que trazara una curva de vuelta al límite del sistema, con la esperanza de ayudar a la Estrella Renegada.

—¿Dónde está Abigail? ¿Ha conseguido escapar? —pregunté.

—Le envié instrucciones a Sigmond en cuanto llegamos. Él estaba en proceso de abrir un túnel no muy lejos de nuestra ubicación actual —explicó—. La señorita Pryar debería regresar en un momento.

Dejé que el rayo me condujera al interior de la megaestructura. Transcurrió más o menos un minuto antes de que entrara en uno de los hangares, uno diferente a donde solía aparcarla Estrella. Floté sobre el suelo mientras la luz azul seguía rodeándome y me detuve con suavidad, justo sobre el culo.

Me puse de pie y, antes de que pudiera decir nada, en la pared más cercana apareció una pantalla que me mostró las naves del exterior, que seguían atrapadas en el rayo.

—Capitán —dijo Atenea, que apareció en la esquina de la pantalla—. ¿Qué desea que haga con estas naves?

Consideré brevemente decirle que hiciera que chocaran unas contra otras para que hasta la última nave quedara reducida a un trozo de metal repleto de soldados de la Unión aplastados, pero luego decidí no hacerlo.

No porque no quisiera. Me hubiera encantado ver que esos imbéciles recibían su merecido. Era solo que teníamos que largarnos pitando de allí antes de que nos alcanzara el resto de esa flota. Sin duda, ya debían de haber detectado la presencia de Titán, por lo que no tardarían mucho en echársenos encima.

—Vamos a largarnos de aquí. Abre un túnel nuevo y, en cuanto llegue la Estrella, establece el rumbo y sácanos de este sistema dejado de la mano de los dioses. —Giré el casco para quitármelo—. Y, Atenea, una última cosa.

—¿Sí, capitán? —preguntó.

—Si alguna de esas naves de ataque intenta algo, usa uno de esos enormes cañones tuyos y mándalas directas al infierno. No dejes ni un trocito de metal.

Capítulo 15

La Estrella Renegada aterrizó unos minutos después de que yo volviera a Titán. En cuanto aterrizó, ya estábamos entrando en un nuevo túnel, de camino a cualquier lugar que no fuera aquel.

Abigail me encontró unos minutos después. Vi que estaba echando humo incluso antes de que llegara a donde estaba.

—¡Jace Hughes! ¡Cómo te atreves a obligarme a dejarte atrás! ¿Es que tienes ganas de morir? —Caminó directa hacia mí y por poco me metió el dedo en la cara—. ¡No puedes limitarte a tirar tu vida por la borda y esperar que el resto te dejemos hacerlo! ¿Qué clase de idiota eres? ¡Contéstame, maldita sea!

La contemplé mientras me fulminaba con la mirada.

—Pues sí que te alteras, ¿no? —pregunté.

—¡No intentes cambiar de tema! ¡Podría haberme encargado de esas naves! ¡No puedes tomar tú todas las decisiones, Jace! ¿Y qué si estoy en peligro? ¡No puedes entregarte para salvarme!

Eché a andar hacia la Estrella y pasé junto a ella.

—¿Quién ha dicho que te estuviera salvando? —pregunté—. ¿Tienes idea de cuánto tiempo tardé en ahorrar el dinero para comprar esta nave? Me llevaría mucho tiempo conseguir una nueva.

Dejó escapar un gruñido de cabreo, lo que me hizo reír.

—¡No tienes remedio!

Subí a bordo de mi nave y bloqueé la rampa para que no me molestaran.

—Bienvenido de nuevo, señor —dijo Sigmond—. Me siento aliviado de ver que todavía está vivo.

—Gracias, Siggy —le dije. Sentí quemazón en la zona del labio que me había mordido, pero no me importó—. Atenea, ¿me escuchas?

—Sí, capitán —respondió ella.

—Quiero estar solo unas horas. No me molestes a menos que sea imprescindible. —Hice una pausa—. De hecho, no me molestes en absoluto. Molesta a Freddie o a otro.

—Como desee —respondió ella.

Agarré una botella de whisky, me derrumbé en el sofá, me serví un trago y puse los pies en alto.

Levanté el vaso.

—Brindemos por haber estado a punto de ser atrapado y asesinado, Siggy.

—Salud—dijo Sigmond.

Bajé el vaso y observé los remolinos que formaba el líquido.

—Salud —murmuré, pero no tomé otro trago. En vez de eso, dejé el vaso en la mesa, frente a mí, y lo observé. No aparté la vista de él, aunque no sabría decir por qué. Empecé a moverme para alcanzarlo, pero dejé caer la mano a un costado. Por alguna razón, simplemente ya no me apetecía.

Me las arreglé para conciliar el sueño bastante rápido, se me había agotado toda la energía. Cuando por fin me desperté, era por la mañana, temprano, lo que significaba que había dormido durante casi diez horas.

Me duché y me alivié, luego me puse la chaqueta y me coloqué la pistola en la cadera.

Sin duda, los demás seguirían dormidos. Era el momento perfecto para dar un paseo y estirar las piernas.

—Disfrute de su paseo, señor —dijo Sigmond.

Le hice un gesto grosero cuando salí de la nave y luego me dirigí al pasillo más cercano.

Los dormitorios del resto de la tripulación estaban situados a lo largo de aquel pasillo y de otro más, lo que permitía que todos permanecieran cerca en caso de que algún asunto requiriera atención colectiva. Las únicas excepciones éramos Dressler y yo, que seguía a bordo de mi nave, en la antigua habitación de Abigail.

En un principio, la idea de que las habitaciones de todos estuvieran cerca había sido mía. Nos habíamos encontrado con un número alarmante de situaciones de emergencia en el pasado, por lo que sería estúpido no esperar que se repitieran, como se acababa de demostrar. Cuanto más cerca estuvieran sus habitaciones, más rápido podrían movilizarse, o esa había sido la esperanza. Uno nunca puede predecir cómo reaccionará alguien en una emergencia, no hasta que sucede de verdad.

Titán tenía una cafetería que usaba cápsulas de estasis a largo plazo para mantener intactas varias comodidades, entre ellas comida y bebida. En aquellos momentos quedaba mucho menos que cuando Titán había activado por primera vez la energía de emergencia, hacía dos mil años, ya que muchas de las cápsulas habían dejado de funcionar en ese momento. Aun así, teníamos suficiente comida y agua para salir adelante durante los próximos tres siglos. Al fin y al cabo, solo éramos ocho.

Entré en la cafetería, me acerqué al dispensador y presioné el botón que sabía que me proporcionaría un plato caliente de huevos y tocino. Lo tuve delante en menos de un minuto, humeando y oliendo como si fuera real, aunque sabía que solo se trataba de materia orgánica reprocesada, adaptada para imitar cierto tipo de sabor y textura.

Me senté en uno de los diez bancos para treinta personas que había allí y tomé un bocado. «No está nada mal para una tortilla de dos mil años», pensé.

En cierto modo me recordó a la comida del reformatorio de Epsy. Solían alimentar a los niños con los mismos platos todas las semanas, la mayoría de los cuales eran variaciones repugnantes de la misma mezcla de soja. Sin embargo, el desayuno era diferente porque era difícil estropear unos huevos, incluso los falsos. Eran uno de esos alimentos que de alguna manera habían logrado replicar y modificar genéticamente sin que perdieran el sabor. Algunos de los niños rociaban los suyos con kétchup y mostaza, pero yo no. Siempre me los comía solos, estuvieran como estuvieran. Me llevé otro bocado a la boca, dejé que la yema amarilla sintética me explotara dentro y sonreí. Aquello era aún mejor.

Terminé mi comida y aparté el plato, luego me quedé allí sentado un rato, disfrutando de la tranquilidad. Sin monjas impertinentes, sin niñas ruidosas, sin Freddie acosándome con preguntas. Tan solo el delicado silencio de una megaestructura casi vacía, que avanzaba en espiral a través de un túnel de deslizamiento.

Antes de que pudiera saborear aquel pensamiento mucho más tiempo, escuché el repiqueteo de unos pies diminutos que correteaban por el pasillo. Miré hacia la puerta abierta y vi a la pequeña Lex entrando en la cafetería mientras arrastraba los pies.

—¿Señor Hughes? —preguntó—. ¿Qué estás haciendo aquí? ¿Cómo es que no estás durmiendo?

—Yo podría preguntarte lo mismo, niña.

Ella me dedicó una sonrisa traviesa, una que me dejó claro que no estaba tramando nada bueno.

—Solo estaba explorando.—Caminó hacia el otro lado del banco, pasó los pies por encima y los dejó colgando.

—Es un poco temprano para que estés explorando, ¿no crees?

—No podía dormir. No sé por qué —dijo.

Le dediqué un leve asentimiento.

—Sé cómo te sientes. Me ha pasado. —Pensé en mi propio insomnio, en el reformatorio. Los otros niños y yo solíamos quedarnos despiertos hasta tarde, contándonos historias sobre dónde habíamos estado antes de llegar allí. La mayoría de las veces, todo era pura invención, cuentos imaginarios que contábamos para impresionar a los demás, y todos lo sabíamos. Ninguno de nosotros había tenido una vida emocionante. Ninguno de nosotros había salido nunca del planeta. En mi caso, solía decir que era hijo de un renegado y que mi padre andaba dando vueltas en alguna parte, repartiendo palizas y haciéndose rico; que algún día volvería a por mí y lo haríamos todos juntos. Una parte de mí quería creérselo, pero la otra parte conocía la cruda realidad. Algunas noches me quedaba despierto pensando en el viejo, preguntándome dónde estaría y qué estaría haciendo. En noches como esas pensaba demasiado en ello, en lo que podría haberle pasado, en dónde podría haber ido. Aquello impedía que mi mente se calmara.

Toda esa preocupación se desvanece cuando te haces mayor y deja de suceder cada vez que cierras los ojos, pero todo el mundo sigue teniendo noches así. Solo que con menos frecuencia que antes.

En mi caso, me servía una copa y el problema se solucionaba solo. Era una pena para Lex, porque no pensaba darle alcohol.

—¿Sales a explorar todas las noches? —pregunté al fin.

—Sí, casi todas —me contestó con una sonrisa.

Me reí. Había creído que, todo el tiempo que había pasado desmayado, la niña había estado profundamente dormida, pero había estado yendo de un lado para otro, vagando por aquella nave gigante.

—¿A qué zonas has ido? —pregunté, sintiendo una curiosidad genuina.

—Mmm, lo que más me gusta es ir a la cubierta doce —dijo. Se tocó la barbilla y pareció pensar en ello—. Es bonita.

—Bonita, ¿eh? —Me levanté de la mesa—. ¿Qué me dices si vamos y me la enseñas?

Se dio la vuelta, saltó del banco y corrió a toda velocidad hacia el pasillo. Vi la emoción en su rostro, hinchando sus mejillas.

—¡Vamos! ¡Vamos! —exclamó.

Apreté el paso y llegué junto a ella. De repente, Lex estaba rebosante de energía, como si hubiera apretado un interruptor

—Vale, vale, tranquilízate, chica —le dije, dándole palmaditas en la cabeza—. No hagas que me arrepienta de esto.

La cubierta doce era diferente a cualquiera de los otros lugares en Titán que había visto hasta entonces. Allí había mucha más maquinaria. Circuitos a lo largo de las paredes, sillas y estaciones de trabajo en cada rincón libre, y, cuanto más caminábamos, más elaborada parecía volverse la arquitectura.

Al cabo de un rato, llegamos a una puerta sellada, como la de la sala de máquinas. Sin ninguna dificultad, Lex la activó y se abrió. Entramos y continuamos adelante, adentrándonos más en aquella zona. Durante un rato, solo recorrimos un pasillo tras otro con algunas ramificaciones y puertas abiertas que no conducían a nada en particular. Al menos, por lo que pude ver. Intenté detenerme una o dos veces, pero Lex insistió en que continuáramos. Lo que fuera que hubiéramos ido a ver estaba todavía más adelante.

Poco rato después, nos encontramos con que el techo era el doble de alto que en las otras cubiertas, lo cual me hizo sentir diminuto. Dentro de cada una de las habitaciones, vi cápsulas del tamaño de un cuerpo, similares a las del pabellón médico, pero diferentes. Quería detenerme y examinarlas, pero Lex seguía tirando de mi mano para continuar avanzando, así que la dejé y eso hicimos.

Justo delante de nosotros, en el atrio principal de lo que debía de ser el eje central de lo que fuera aquello, vi una gran máquina del tamaño de una pared que irradiaba un resplandor azul. Las luces parecían pulsar, casi como un corazón latiente, pero mucho más lento.

—¿Qué narices es esta cosa?

Lex soltó una risita, me soltó la mano y se acercó corriendo a la estructura. Mientras lo hacía, sus tatuajes comenzaron a brillar igual que la pared. No me refiero a que brillaran de forma estable como lo hacían habitualmente. Me refiero a que su brillo coincidía con el ritmo del otro, se atenuaba y se intensificaba siguiendo la misma cadencia que parecía seguir la pared. No lo entendí, pero algo me dijo que aquello era normal.

Normal en el caso de Lex, claro está.

—¿No es genial? —preguntó Lex—. No sé por qué, pero me gusta mucho.

—Pero ¿qué es esa cosa? —pregunté.

Durante un minuto, pareció pensárselo, y luego negó con la cabeza.

—Solo es bonito. ¿No es suficiente a veces? ¿Ser bonito y ya está?

Miré hacia la pared y la examiné durante no sé cuánto rato. Debí de observarla durante varios minutos, casi me perdí en la luz. Había varias grietas en el material y en esas zonas parecía volverse más brillante.

Miré a Lex, esperando que dijera algo más para darme una pista de qué era aquello, de qué era algo de todo aquello, pero no lo hizo. Se limitó a quedarse ahí, mirando el resplandor, disfrutando del momento, o como ella lo había descrito, de la belleza de todo.

Una parte de mí quería estar de acuerdo con ella, quería creer que, tal vez, a veces, la belleza era razón suficiente para que algo existiera, pero nunca había sido tan romántico.

Aquella estructura había sido construida, creada con manos como las mías, y eso significaba que tenía una función. Un propósito.

Lo artificial siempre tenía un propósito.

Me alejé de la pared y me di cuenta de que había varias puertas abiertas que rodeaban el atrio. Me acerqué a una y eché un vistazo al interior. Vi más cápsulas extrañas de esas. Eran más grandes que las del pabellón médico, aproximadamente el doble de grandes, y más feas, como si aquellas hubieran sido ensambladas sin preocuparse por la estética.

Entré en la habitación y me acerqué a una de las cápsulas para verla mejor. Todas estaban cerradas, selladas como las otras que habíamos encontrado en el pabellón médico. Todas excepto una, que no había visto hasta ese instante. Estaba más apartada, casi aislada, al otro lado de la habitación, su tapa rota revelaba una cama pequeña en el interior. Era mucho más pequeña que las otras, y también más estrecha.

—Veo que ha encontrado las incubadoras —dijo una familiar voz incorpórea.

Me giré y vi a Atenea aparecer directamente detrás de mí. Me dedicó una sonrisa agradable, como la de un padre cuando su hijo hace algo bien. No estaba seguro de si era agradable o insultante.

—Sabe, capitán, si sentía curiosidad acerca de esta sección de la nave, podría haberme preguntado al respecto. Hubiera estado más que dispuesta a hablarle del tema o explicarle su función —me dijo.

Arqueé una ceja y miré hacia atrás, a las cápsulas, y luego a la pared brillante ante la que Lex seguía de pie.

—Para ser sincero, antes de llegar aquí, no tenía ni idea de hacia dónde me dirigía. Después de llegar, ni siquiera se me ha ocurrido preguntarte.

—Veo que está interesado en las cápsulas gráficas —dijo.

—¿Cápsulas gráficas? —pregunté.

Ella asintió.

—Es el nombre que reciben las máquinas de estas habitaciones. Por la expresión de su rostro, he deducido que sentía curiosidad por ellas.

Volví a mirar la pared.

—Tengo curiosidad por muchas de las cosas que hay en esta cubierta. Por ejemplo, ¿qué leches es esa cosa y por qué brilla? Y, además, ¿por qué narices brilla Lex al mismo ritmo?

Lex me miró, probablemente porque había escuchado su propio nombre, y nos saludó con una gran sonrisa cubriéndole las mejillas.

Atenea miró a la niña y luego a mí.

—Eso es simplemente el convertidor de potencia, que toma la energía del núcleo y la prepara para utilizarla de una forma muy específica que no se parece a ninguna otra en esta nave.

—Supongo que la pared tiene algo que ver con estas cápsulas de aquí —dije, echando un vistazo a la habitación que tenía a mi espalda—. ¿Para qué son exactamente?

—Tiene razón, capitán —me dijo—. Estas cápsulas extraen un tipo especial de energía de los convertidores que ve allí. En realidad, esto es algo de lo que he querido hablar con usted desde su llegada. Sin embargo, debido a la falta de un núcleo que se pudiera utilizar, demostrar la función de esta sección habría requerido una cantidad de energía demasiado elevada.

—¿Y cuál es exactamente esa función de la que no dejas de hablar? —pregunté.

Se acercó más a donde yo estaba, junto a la cápsula pequeña, y la miró.

—Llegó aquí en busca de algo —dijo—. Llegó aquí porque encontró a una niña que no se parecía a nada que hubiera visto antes. Una niña pequeña con respuestas a preguntas que nunca pensó en hacer.

Mis ojos se desviaron hacia la cápsula del tamaño de un bebé que tenía frente a mí. El cojín tenía la forma perfecta para adaptarse a la cabeza y el torso de un bebé.

—¿Nunca se ha preguntado de dónde vino? —planteó Atenea—. Cuando llegó aquí, ¿no se le ocurrió que tal vez ya había encontrado su lugar de nacimiento?

No estaba seguro de qué responder. Lo que Atenea sugería parecía imposible, que Lex hubiera recorrido todo aquel camino para terminar en un planeta rural en la otra punta de la Unión. Era una afirmación absurda, ¿verdad? Pero ¿de dónde más podría haber salido? En toda la galaxia, ¿dónde más había habido personas que se parecían a ella, con tatuajes azules que brillaban al tocar un artefacto antiguo? Incluso si la gente de hacía miles de años hubiera tenido aquel aspecto, ¿no estarían todos muertos a esas alturas? ¿No los habría visto alguna vez, ya fuera en las noticias o en la red? En el poco tiempo que hacía que conocía a Lex, siempre había creído que era única. Un accidente puntual, nacido o creado por un puñado de científicos descabellados en un laboratorio de algún planeta, probablemente no muy lejos de donde la Unión la había encontrado. La idea de que todo hubiera empezado allí, la opción que Atenea sugería, al otro lado de la galaxia… parecía imposible.

Sin embargo, me creí hasta la última palabra, a pesar de que parecía una locura, porque a aquellas alturas había visto suficiente como para saber que todo era posible.

Megaestructuras que actuaban como lunas, entes cognitivos antiguos, una civilización prehistórica perdida. Si tantas cosas imposibles eran verdad, ¿por qué aquello no iba a serlo también?

En especial ahora que estaba de pie en una habitación llena de cápsulas antiguas, cerca de una pared resplandeciente con una niña resplandeciente, hablando con una mujer hecha de luz.

¿Qué más daba añadir una cosa imposible más a la pila?

Miré a Atenea, sostuve la mirada de sus tranquilos ojos azules, y al final dije:

—Cuéntamelo todo.

CAPÍTULO 16

—HACE MUCHO TIEMPO, antes de que la humanidad se aventurara tan lejos en el firmamento, se centraba sobre todo en su propio perfeccionamiento.

»Evolucionaron más rápido de lo que podría suponer. Un genetista, el doctor Sheldon Kane, y su esposa, la doctora Sandra Quintell, experta en nanorrobótica, desarrollaron un método nuevo y revolucionario para reparar y mantener el sistema inmunitario, de tal forma que enfermar se volvió cada vez más imposible.

»El proceso involucraba un nuevo tipo de tecnología con nanobots, que era algo que antes se consideraba imposible. Sin embargo, la doctora Quintell y el doctor Kane trabajaron en secreto en esa tecnología en el laboratorio de su casa durante casi quince años. Según dijeron, lo hicieron para salvar a su hijo Joseph, que estaba enfermo de cáncer.

»Cuando el matrimonio reveló su investigación al mundo, fue su hijo quien actuó como prueba viviente de su éxito. En cuestión de días, la nanotecnología se extendió por su torrente sanguíneo, mejoró su sistema inmunitario y cambió su propio ADN. Al público le asombró esa nueva revolución y sus efectos potenciales no solo en medicina, sino en todos los aspectos de la vida humana.

»De repente, todo era posible. Si esa tecnología podía usarse para alterar el ADN, ¿por qué no usarla también para cambiar la apariencia física de una persona? El color de los ojos y del cabello, proporciones corporales... Todo se podía personalizar para adaptarse al yo ideal de una persona.

»La gente siempre había estado obsesionada con su apariencia, pero en aquel momento podían ser cualquiera, y en realidad el cambio iría más allá de lo superficial. Sería a todos los niveles.

»Por supuesto, los científicos de todo el mundo se interesaron por aquellos hallazgos y no solo con fines estéticos. Varios grupos vieron el verdadero potencial de la investigación, que podría conducir a una nueva etapa en la evolución humana, una que nadie había creído posible con anterioridad.

»Un laboratorio bajo el control de Monolith Industries, una compañía de investigación con ánimo de lucro, empezó a desarrollar lo que acabaría por conocerse como el Proyecto Inmortalidad. Como su mismo nombre indica, el objetivo del proyecto era utilizar la nanotecnología para ralentizar y, con el tiempo, detener el proceso de envejecimiento.

»Tardaron casi una década, pero al final la investigación fue un éxito rotundo. Al cabo de unos pocos años, Monolith Industries había desarrollado un método para cuadriplicar la vida de un ciudadano medio. Con el tiempo, esa cifra aumentó todavía más.

»La compañía no tardó mucho en lanzar su nuevo producto, conocido como "Joven para siempre". Enseguida, el producto resultó casi inaccesible para la mayoría de personas. Era tan caro que solo los más ricos podían permitirse comprarlo, y lo compraron.

»Se creó una nueva especie de humanos cuyo único elemento distintivo era que nunca envejecían y nunca enfermaban. La sociedad empezó a llamarlos Eternos, mientras que a la clase baja, a los individuos que vivían solo unos pocos cientos de años, se los conocía como Transitorios.

»Después de un tiempo, empezaron a aparecer anomalías. Se produjeron pequeños cambios en la apariencia física de una persona, que en gran parte pasaron desapercibidos hasta que se generalizaron.

»La mutación no ocurrió de inmediato, sino en el transcurso de varios siglos. Algunos niños, los descendientes de los Eternos, nacieron con rasgos únicos que eran muy diferentes a los de sus padres y antepasados. Cabello blanco, ojos de un azul intenso y piel blanca como la nieve. Y lo que es más importante aún, esos individuos parecían poseer una forma innata de inmortalidad, lo que significaba que ya no necesitaban el suplemento Joven para siempre. Por fin habían alcanzado la siguiente etapa de la evolución humana.

»Con el paso de los años, los descendientes de los Eternos, los retoños albinos, se convirtieron en la nueva vanguardia del futuro. Presidentes, gobernadores, senadores, científicos, abogados, jueces, dueños de empresas, todos ellos eran Eternos.

»Y, puesto que los ricos y poderosos nunca envejecían, porque nunca morían, el ascenso social quedó casi totalmente estancado. El sueño de prosperidad, de mejorar, se convirtió en algo muy lejano.

»Casi dos siglos después del descubrimiento de Joven para siempre, la gente estaba harta. Los Transitorios se rebelaron contra los poderosos Eternos y exigieron el regreso a las viejas costumbres. Querían tener oportunidades, la posibilidad de lograr lo que deseaban. Sentían la necesidad de llegar más allá…, más allá de los límites de sus posiciones sociales.

»Los Eternos y los que estaban a cargo de la rebelión llegaron a un acuerdo. Se habían descubierto varios mundos habitables en sistemas remotos a muchos años luz de la Tierra. Los Eternos crearían varias naves colonia, lo bastante grandes como para transportar a todos los que quisieran comenzar de nuevo. Ya se habían llevado a cabo esfuerzos de colonización por todo el sistema solar, incluyendo la Luna, Marte y Europa, y se habían llevado a cabo dos misiones exitosas para explorar planetas más allá del sistema solar. Sin embargo, aquel sería el esfuerzo de colonización más grande de la historia, lo que significaba que requeriría tiempo y centrarse de forma exclusiva en ello. Les llevaría más de un siglo, de hecho.

»Los Eternos y los Transitorios trabajaron sin descanso para hacer realidad aquel sueño compartido. La humanidad entró en una nueva era de optimismo y ambición compartida que no se parecía a ninguna anterior. Por primera vez en siglos, las masas creyeron que su futuro era próspero. Creían que tenían la oportunidad de una vida mejor.

»Con el tiempo, se fabricaron múltiples naves, todas con su propia inteligencia cognitiva para guiar a los colonos hasta sus respectivos mundos. En total, se enviaron doce naves colonia a varios sistemas estelares en toda la galaxia. Titán fue una de esas naves, la adición final en lo que equivaldría al éxodo masivo más grande jamás registrado.

»La mayoría de los pasajeros eran Transitorios, con una esperanza de vida sin ayuda promedio de cien años, y algunos Eternos se ofrecieron voluntarios para acompañarlos y ayudarlos.

»A lo largo del siguiente siglo, las doce naves colonia se repartieron por la galaxia. Muchas de ellas se perdieron, sus señales quedaron silenciadas de repente, sin explicación alguna. Todas desaparecieron menos Titán, perdidas en la distancia o a causa de algún desastre. No podíamos estar seguros.

»Con el tiempo, los líderes de Titán creyeron que esta nave era todo lo que quedaba del esfuerzo de expansión, y cuando nuestro núcleo de tritio falló, sospecharon que las otras colonias habían corrido la misma suerte.

»Mientras mis colonos se marchaban y colonizaban mundos habitables cercanos, observé y esperé, buscando cualquier señal de vida en la galaxia, esperando siempre una respuesta, pero solo había silencio, sin importar dónde buscara.

»No fue hasta hace unos siglos cuando por fin se rompió el silencio… y recibí el mensaje que lo cambiaría todo.

»"La Tierra ha sido restaurada —decía la transmisión—. Iniciar proyecto de recuperación. Todas las naves, diríjanse a la Tierra de inmediato".

Escuché a la mujer cognitiva contarme la historia de mis antepasados, con toda mi atención puesta en ella mientras la historiase desarrollaba. Cuando por fin terminó, tenía demasiadas preguntas y ni idea de cómo formularlas.

Nos quedamos allí unos minutos, el silencio nos rodeaba mientras yo intentaba procesar las revelaciones que acababa de escuchar.

Cuando por fin procesé la mayor parte de lo que me había dicho, decidí que sabía por dónde empezar.

—¿Tú creaste a Lex? —acabé preguntando. Después de toda esa charla sobre la Tierra y las naves estelares, sobre humanos genéticamente modificados y tecnología de nanobots, lo primero en lo que pensé fue en la niña.

Atenea sonrió.

—No, no la creé, aunque la desperté.

—Si no la hiciste tú, ¿quién la hizo? —pregunté.

Atenea frunció el ceño.

—Nació de forma natural de dos Eternos, pero ambos murieron. —Hizo una pausa—. Déjeme reformularlo. Fueron asesinados por un Transitorio disidente que se aferraba a una ideología particularmente peligrosa. Solo hacía unos meses que su madre había dado a luz cuando murió. Poco después, el tercer y último Eterno que se había embarcado en esta nave también fue asesinado.

—¿Murieron cuando era solo un bebé? —pregunté, mirando de nuevo a Lex. Ahora estaba hecha un ovillo en el suelo, recostada junto a la pared, y ambos seguían brillando al mismo compás.

—De hecho —dijo el ente cognitivo—, escondieron a la niña, aquí en las incubadoras. Le indujeron el criosueño y la dejaron aquí. Los Transitorios nunca la despertaron y al final decidieron abandonar a la niña a mi cuidado. Se quedó aquí hasta que la desperté.

Me incliné más hacia la mujer cognitiva, mi voz poco más que un susurro. No quería que la niña me escuchara, no si podía evitarlo.

—¿Y por qué lo hiciste exactamente? ¿Por qué la despertaste y la enviaste a través del espacio a un mundo subdesarrollado?

—Quería guiar al resto de los humanos a casa —respondió—. Intenté enviar mensajes, pero nunca recibí respuesta a ninguno de los diez mil intentos. Creo que es el resultado de lo lejos que viajaron los colonos. Hasta que su nave se acercó a Titán, no pude abrir un canal de comunicación, en gran parte gracias a la llave en mano que, sin saberlo, llevaban consigo.

—Así que no pudiste comunicarte con nadie porque estabas demasiado lejos del resto de la humanidad —dije.

—Correcto —afirmó Atenea—. Además, el fallo en el suministro de energía de Titán dificultó el cuidado de la niña. La decisión no fue fácil, pero creí que era la solución óptima. La niña, junto con una unidad de datos de información, fue enviada a una de las ubicaciones originales de la colonia, donde más de cien mil de mis antiguos pasajeros se dispusieron a vivir. Estadísticamente, creía que le estaba proporcionando la mejor oportunidad posible de supervivencia, al mismo tiempo que me permitiría contactar con los descendientes de mis antiguos pasajeros.

Recordé lo que sabía sobre el lugar dónde habían encontrado a Lex. Era un mundo llamado Kaldona, habitado en gran parte por granjeros y pescadores. A primera vista, no había mucho, pero el planeta era muy conocido por sus ruinas e historia, considerado uno de los mundos más antiguos de la Unión. Eruditos y científicos acudían de todas partes a visitarlo y estudiar, y ese había sido el motivo de que Lex quedara bajo el control de los científicos de la Unión. Habían ido allí a estudiar y encontraron a una niña pequeña con sus propios secretos. Por desgracia, por lo que recordaba haber leído en la red galáctica, la mayoría de los edificios y la tecnología originales habían sido destruidos durante un cataclismo meteorológico hacía casi mil quinientos años. Distaba mucho de ser el mundo que Atenea parecía pensar que era.

—¿Has dicho que lo hiciste porque por fin escuchaste una transmisión? —pregunté.

Ella asintió.

—Sí, capitán. Por primera vez en casi dos mil años. «Iniciar proyecto de recuperación».

—¿Qué porras significa eso? —pregunté.

—Esa es una pregunta que me he estado haciendo durante casi dos siglos, capitán, y es una que deseo responder muy pronto.

—¿Cómo vas a hacerlo? —pregunté.

—Haciendo lo que han venido a hacer aquí —dijo—. Regresando por fin a la Tierra, el lugar donde empezó todo esto.

CAPÍTULO 17

A LA MAÑANA siguiente, me desperté en mi habitación, pensando todavía en la noche anterior. Seguía sin poder creerme la historia que Atenea me había contado. Parecía demasiado surrealista, como un sueño con el que se fantasea pero que uno nunca espera que sea real. ¿Cómo podía ser? Era tan imposible, tan difícil de creer, que iba mucho más allá de todo lo que pensaba que podía imaginar.

Puede que sencillamente no quisiera creerlo. Tal vez quisiera que las cosas volvieran a ser sencillas, como solían serlo, antes de que existieran las lunas cognitivas y las megaestructuras. Joder, a lo mejor seguía conmocionado porque un escuadrón de naves de ataque de la Unión había estado a punto de matarme. No sabría decirlo.

En cualquier caso, la misión estaba clara. Alejarse todo lo posible del Gobierno, mantener el rumbo, proteger a mi tripulación y encontrar la Tierra. Era un plan sencillo. Podía hacerlo.

El resto de mierda era simplemente un añadido, en realidad no importaba. Si no podía mantener a mi tripulación a salvo, si no podía seguir volando, entonces la realidad era que no importaba. Sonreí, preguntándome qué diría Hitchens a eso. «Todo esto es fascinante —gritaría con esa voz suya—. Un descubrimiento notable. ¡Por los dioses!».

A la mierda, puede que más adelante se lo contara todo a aquel pillo, cuando las cosas se hubieran calmado. Pero ese no era el momento. No cuando había que centrarse en sobrevivir.

Me quedé en la cama durante casi una hora, entre el sueño y la vigilia, hasta que al final una voz me obligó a levantarme. Era Sigmond.

—Capitán, su invitada solicita su presencia en sus habitaciones.

Dejé escapar un pequeño gemido ante la idea de hablar con la científica de la Unión. Era casi lo último que tenía ganas de hacer en ese momento.

—¿Ha dicho qué quería? —pregunté.

—Ha mencionado que durante su última conversación usted le dijo que la dejaría marchar pronto —respondió la IA.

—Correcto. Se me había olvidado. Supongo que será mejor que le diga que va a estar aquí un tiempo —afirmé.

Salí de la cama, me puse una camisa y me arreglé a toda prisa, solo para no parecer un desastre rematado.

Para mi sorpresa, Alphonse estaba en el salón cuando salí de mi habitación. Estaba sentado en el sofá, viendo el resumen de noticias de la red galáctica del día anterior. Estaba a punto de preguntarle por qué estaba en mi nave, cuando se giró para mirarme y sonrió.

—Ah, capitán —dijo, poniéndose de pie para saludarme—. Ya me ha parecido que eran sus pasos.

Arqueé una ceja.

—¿Qué eran mis pasos? —pregunté—. ¿Acaso llevo una campana alrededor del cuello?

Se rio.

—¿Adónde va? Por su ritmo, parece que tiene prisa.

—Mi ritmo, ¿eh? Tiene un oído muy aguzado, condestable —dije, acercándome a él.

—Mis disculpas. Es por el entrenamiento. Los condestables aprenden a usar sus sentidos, a estar siempre atentos a su entorno. Nos hace mejores en nuestro trabajo.

—No tanto, considerando lo que pasó en Priscilla —dije.

Él asintió.

—Ahí lleva razón, capitán. Supongo que ni siquiera el mejor entrenamiento puede esquivar las balas.

Se me ocurrió algo de repente.

—Dime: has abandonado la Unión, ¿verdad?

Se tomó un momento antes de responder.

—No sé si yo lo expresaría de esa forma —señaló.

—¿No? ¿Y cómo lo dirías tú?

Se tocó la barbilla.

—Supongo que podría llamarlo rechazar órdenes que uno sabe que son ilegales.

—En ese caso, ¿puedes venir conmigo y explicárselo a nuestra nueva amiga? —pregunté.

—¿Se refiere a la doctora Dressler? —preguntó.

—La misma —respondí, señalando el pasillo que llevaba hacia la habitación de la doctora.

Él asintió.

—Estaré encantado de ayudar, capitán. Tal vez podamos convencerla de que haga caso del sentido común.

Alphonse y yo avanzamos por la nave hacia la habitación de Dressler. Antes de abrir la puerta, le ofrecí al condestable una breve explicación de mi última conversación con la doctora.

—Le dije que la subiría a un transbordador —relató justo cuando nos acercamos a su puerta—. Todavía tengo pensado hacerlo, si eso es lo que ella quiere, pero esperaba que pudieras hablarle desde tu perspectiva. Sea cual sea.

Él asintió.

—Estaré más que encantado de hacerlo —me aseguró, mirando hacia la puerta.

La abrí y entramos juntos. Dressler estaba cerca del otro extremo de la habitación con las manos en las caderas, como si hubiera estado esperando con impaciencia todo aquel tiempo.

Abrió mucho los ojos cuando vio a Alphonse. Me di cuenta de que no esperaba que él se nos uniera.

—Doc —saludé mientras entraba en la habitación con el condestable y cerraba la puerta—. Me alegro de verte. Siento haberte hecho esperar.

—¿Esperar? —preguntó—. Llevo en esta habitación más de un día, a solas con una tablilla… —Se acercó al escritorio y agarró el pequeño objeto para agitarlo en nuestras narices—… llena de ficción erótica que leer. ¿Acaso es algún tipo de broma?

Alphonse y yo intercambiamos una mirada rápida. Se acercó a ella y le quitó la tablilla.

—Lo siento mucho, doctora. Eso estaba destinado a otra persona —dijo, sonrojándose.

—¿Quién leería semejante tontería? —preguntó, disgustada.

—Fue un regalo para Al —recordé, señalando al condestable con la cabeza.

—¿Un regalo? —preguntó—. ¿Qué tipo de persona regala tal cosa?

—Creo que fue una broma —dijo Alphonse, guardándose la tablilla en el cinturón.

Me reí.

—¿Te la guardas para más tarde, Alphonse?

Resopló, avergonzado, sacó la tablilla y me la entregó.

—No, claro que no. Tome, por favor, tírela cuando quiera.

Me incliné para acercarme más a él y susurrarle:

—Me aseguraré de devolverte esto en cuanto salgamos de aquí. —Le guiñé un ojo y luego me volví hacia Dressler—. De todos modos, Doc, este es el tema. Lamento que tuvieras que quedarte aquí toda la noche, pero hemos estado un poco ocupados intentando no morir.

Ella echó la cabeza hacia atrás.

—Ya me he percatado —comentó—. Puede que estuviera encerrada en esta habitación, pero con todas esas turbulencias, supuse que nos había metido en algún problema.

—Así es. La Unión nos ha estado persiguiendo y he estado haciendo todo lo posible para mantener viva a mi tripulación y, dicho sea de paso, eso te incluye a ti. Tenemos un ejército pisándonos los talones.

—¿Esperaba otra cosa cuando invadió una instalación de investigación militar? Por supuesto que la Unión no va a permitir que se marche sin más.

—Aun así, lo que pretendía decir es que hemos estado ocupados —dije—. Joder, casi muero hace un rato. No es que me queje ni nada, pero dame un poco de manga ancha.

—¿Un poco de manga ancha? —preguntó como si la hubiera ofendido—. Me secuestró y me metió en una celda. Disculpe si soy menos que comprensiva con su situación, señor.

Miré a Alphonse.

—¿Has oído eso? Me ha llamado «señor».

—Lo he oído —contestó, acariciándose la barbilla y asintiendo con aire pensativo—. Es muy respetuosa.

—Me siento muy honrado —espeté, llevándome una mano al pecho.

—Si han acabado de burlarse de mí, me gustaría hablar sobre el transbordador que se me prometió —dijo Dressler—. Quiero que me dejen marcharme.

—No puedo —afirmé con rotundidad—. Ahora no. Tendrá que esperar.

—¿Por qué? ¿Porque alguien lo persigue? Detenga la nave dos minutos y déjeme bajar. No me importa dónde sea.

—A mí sí —repliqué—. Si nos detenemos, aunque sea unos minutos, la Unión nos alcanzará, y no puedo permitir que eso suceda. Estamos huyendo. ¿Es que no lo has entendido?

Ella gruñó de frustración, alejándose de mí y apretando ambas manos en puños.

—¡Esto es ridículo!

Miré a Alphonse.

—Habla tú con ella.

Él asintió.

—Haré lo que pueda, pero debe recordar, capitán, que ella cree que no es más que un simple bandido.

—¿Un qué? —pregunté.

—¿No sabe lo que es un bandido? —cuestionó.

Lo miré durante un largo momento.

—No.

Él inclinó la cabeza.

—Es un proscrito —respondió al fin—. Un infractor de la ley. Un prófugo.

—¿Prófugo? —interrogué, mirando a la doctora—. En eso podemos estar de acuerdo.

Alphonse se acercó más a Dressler, que seguía de espaldas a los dos.

—Doctora, si no le importa —dijo el condestable.

—¿Qué quiere? —preguntó, furiosa—. ¿Viene a decirme por qué traicionó a su propio Gobierno?

Sus palabras no parecieron desconcertarlo.

—Sé que está cansada e inquieta. Yo tuve que esperar en una habitación como esta durante varios días antes de que nos conociéramos. Entiendo cómo debe de sentirse.

—No me diga. Pues no parece muy enfadado. Lo capturaron, lo hicieron prisionero, ¿y lo primero que hace es unirse a ellos? —preguntó—. ¿Qué le pasa a usted, condestable?

—Estoy seguro de que la Torre Roja dirá que muchas cosas —le dijo—. Sin embargo, el capitán Hughes no me capturó.

—Oye —exclamé—. Claro que sí.

Alphonse me ignoró.

—Me dejé atrapar, porque descubrí una oscura verdad y quería verificarla. Dejé que me hicieran prisionero para poder entender las cosas.

—¿Dejó que lo capturaran? —preguntó la doctora.

Él asintió.

—Tuve varias oportunidades para huir —explicó—. Incluso después de que me encerraran en una celda, podría haberme liberado y huido. Pero elegí quedarme con estas personas, para observarlas con mis propios ojos.

—¿Por qué hizo tal cosa? —preguntó.

Hizo una pausa mientras se frotaba la mandíbula.

—¿Ha oído hablar de la teoría sobre la vieja Tierra? —preguntó al fin—. Seguro que sí, puesto que trabajaba en Priscilla.

—Por supuesto que sí —dijo ella.

—¿Qué ha oído? —preguntó.

—No pienso contarlo. Hice un juramento de confianza. La investigación es secreta. Lo único que puedo decir es que conozco la teoría —dijo.

—Déjeme ayudarla —continuó Alphonse—. La teoría de la vieja Tierra establece que toda la vida humana comparte un único punto de origen común: la Tierra. Se aleja mucho del cuento de hadas que los padres les narran a sus hijos, que describe la Tierra como un mundo de fantasía de magia y dragones. —El condestable se aclaró la garganta—. En cambio, la teoría de la vieja Tierra niega rotundamente tal historia en favor de un enfoque más realista, basado por completo en las pruebas recopiladas por la Unión. En base a dichas pruebas, los investigadores concluyeron que la Tierra fue una vez un próspero paraíso de maravillas tecnológicas. Se dice que su gente venció a las enfermedades, inventó los primeros impulsores desliespaciales y dominó muchos otros campos de estudio.

Escuchar a Alphonse hablar sobre la Tierra me recordó a la conversación que había mantenido con Atenea la noche anterior. Todo lo que me había contado me había parecido imposible. Ahora Alphonse estaba diciendo las mismas cosas, aunque con menos detalles que Atenea.

Aun así, la superposición de ambas historias me sorprendió. La Unión sabía más de lo que yo creía sobre la Tierra, lo que solo significaba que tenían aún más razones para seguir persiguiéndonos.

—¿Qué importa todo eso? —preguntó la doctora—. Está hablando de cosas que no tienen nada que ver con ninguno de nosotros.

—Ah —dijo Alphonse—. Ahí es donde se equivoca, doctora.

Alphonse me miró, casi como si quisiera mi permiso. Respondí con un breve asentimiento para dar el visto bueno.

Él continuó.

—La Unión busca redescubrir la Tierra y, en el proceso, ha ampliado su labor de investigación por toda la galaxia. Ha invadido zonas neutrales por todas sus fronteras, masacrado a innumerables personas en docenas de mundos y secuestrado a cientos de niños para realizar experimentos.

—¿Experimentos? —preguntó Dressler—. ¿Se refiere al experimento de la tinta azul?

Alphonse sonrió.

—Muy bien, doctora.

La doctora pensó en ello un momento y luego negó con la cabeza.

—No, eso no es correcto. Se puso fin a esos experimentos por falta de avances.

—Se equivoca —afirmó Alphonse—. Hubo que ponerles fin porque el laboratorio perdió a su sujeto de control.

—¿Sujeto de control? —repitió ella.

Alphonse asintió.

—Los experimentos giraban en torno a replicar cierto tatuaje en todos los niños, lo que…

—Lo que les daría la capacidad de controlar la tecnología original —finalizó Dressler—. Ya lo sé.

—Lo que quizá no sepa es que los tatuajes se basaban en una fuente original. En una niña que presentó las marcas al nacer, o esa era la teoría. Nadie lo sabía con certeza, ya que nadie sabía de dónde había salido la niña —explicó Alphonse.

Dressler soltó un resoplido burlón.

—¿Está sugiriendo que los investigadores solo estaban intentando replicar un tatuaje existente de otra niña?

—De hecho, es justo eso, doctora, y quiero dejar claro que la única razón por la que los experimentos terminaron fue porque la niña desapareció. —Hizo una pausa—. Bueno, de hecho, fue secuestrada.

—¿Secuestrada? —preguntó Dressler—. Eso no puede ser cierto. Nada de eso estaba en los archivos que leí. ¿Cómo es que no he oído hablar del tema?

—Porque los detalles sobre la niña en cuestión son alto secreto, están más allá del típico nivel de autorización azul —dijo.

Ella escuchó hasta la última palabra que él le dijo, asimilándolo todo, y luego dejó escapar un breve suspiro y sacudió la cabeza.

—Todo esto es fascinante, condestable, pero debo decir que no sé qué pretende con ello. ¿Qué tiene que ver la teoría de la vieja Tierra o el experimento de la tinta azul con usted, conmigo o con ese renegado que está detrás de usted?

—Todo —intervine por fin, dando un paso para acercarme más a los dos—. Esa niña de la que te ha estado hablando está aquí. Se llama Lex. La rescataron de un laboratorio para salvarle la vida, y que me aspen si dejo que la Unión se la vuelva a llevar.

Dressler se quedó boquiabierta.

—¿Ella está aquí…?

Alphonse asintió.

—Exacto, y ahora espero que entienda mi papel en todo esto, doctora. Vine porque quería saber si la niña era real y si valía la pena protegerla. Quería ver al renegado responsable de su seguridad y decidir por mí mismo.

—¿Decidir qué? —preguntó Dressler.

—Si podía confiar en él lo suficiente como para unirme a su equipo —confesó Alphonse, mirándome—. Si era todo lo que decían que era... o algo completamente diferente.

Estaba sentado en la Estrella cuando recibí la llamada.

—Jace, mueve el culo y ven al puente de mando. Te necesitamos —dijo Abigail.

La comunicación se cortó antes de que pudiera responder.

—Eso ha sido bastante brusco —dijo Sigmond.

—Creo que podría seguir cabreada conmigo —dije, con los pies sobre la mesa.

—Para ser justos, señor, a los dos nos obligó a abandonarlo, a pesar de nuestras protestas —argumentó Siggy.

—¿Qué puedo decir, Siggy? A veces me gusta hacer las cosas solo —afirmé con una sonrisa.

Salí de la nave y me dirigí hacia el puente de mando de Titán. Cuando llegué, encontré a Abigail, Freddie, Hitchens, Octavia y Alphonse mirando la pantalla de la pared. Todos se giraron hacia mí en cuanto entré, pero vi cuál era el problema antes de que ninguno tuviera la oportunidad de hablar.

El monitor que tenían detrás mostraba una imagen que no tardé nada en reconocer. Era la mismísima nave insignia del general Brigham, el Amanecer Galáctico, volando por un túnel del desliespacio. La rodeaban muros de un verde relampagueante cuya luz esmeralda se reflejaba en su casco. Producía el efecto de que la nave pareciera casi enfadada.

Entré en el puente de mando y dejé que la puerta se cerrara detrás de mí.

—Parece que tenemos un problema —señalé.

Freddie se rascó la cabeza.

—Podría decirse así —dijo, echando la vista atrás, hacia la pantalla.

—¿Eso es lo que creo que es? —pregunté mientras me acercaba.

—Parece que el enemigo se niega a rendirse —dijo Alphonse.

—¿El enemigo? —pregunté, arqueando una ceja.

Él sonrió.

—Creo que he dejado claro de qué lado estoy, capitán.

Miré a Abigail.

—¿Es solo una nave?

—¿En el túnel, detrás de nosotros? —preguntó—. Sí. ¿En otra parte? No sabría decirlo.

Atenea se materializó frente a nosotros.

—Bienvenido, capitán Hughes. Para responder a su pregunta… —Agitó la mano y la pantalla cambió.

Vi otra nave, esta mucho más pequeña, de diseño sarkoniano. Antes de que pudiera decir nada, la pantalla volvió a cambiar para mostrar otra nave de la Unión. Un segundo después, cambió a otra, y luego a otra más. En segundos, la pantalla cambió docenas de veces, recorriendo una lista de naves enemigas, casi abrumándome con lo rápido que pasaba de una a otra.

—Mierda —murmuré, parpadeando ante la pantalla—. ¿Me estás diciendo que hay una pequeña armada en camino?

—Es peor que eso —dijo Abigail.

—¿Cómo puede ser peor? —pregunté.

Esta vez, me respondió Atenea.

—Cada una de las naves nos persigue desde una dirección diferente, a través de múltiples túneles. El túnel por el que estamos viajando ahora ya tiene un punto final, lo que significa que ya saben por dónde saldremos.

—Creía que con Titán podías formar túneles e ir a donde quisieras—le dije.

—Es cierto —afirmó Atenea—. Sin embargo, aunque abrí un nuevo túnel de deslizamiento, regresamos para rescatarlo poco después.

—¿Y? —pregunté.

Octavia me golpeó en el brazo.

—Después de recogerte, no hubo suficiente tiempo para que creara un túnel nuevo. Tuvo que usar uno que ya existía.

Abigail asintió.

—El mismo en el que íbamos a entrar antes de que intentaras desactivar esa bomba y luego te enfrentaras a esos soldados solo. —Me fulminó con la mirada—. Como un idiota.

La ignoré y miré al ente cognitivo.

—¿No hay forma de cambiar de dirección?

Atenea frunció el ceño.

—Puedo romper un túnel existente, pero no puedo cambiar el rumbo en pleno vuelo. La dirección es fija.

Freddie levantó la mano.

—Entonces ¿por qué no podemos salir de este túnel y abrir uno nuevo?

—Porque ese escenario implica su propio conjunto de problemas, debido a dónde podríamos llegar —dijo Atenea. Se dio la vuelta y agitó la mano hacia la pantalla. La pantalla cambió para mostrar un planeta que reconocí al instante. Era un lugar que me había propuesto evitar, y por una buena razón.

—¿Eso no es…? —preguntó Abigail.

—Maelstrom —dijo Alphonse—. Una de las bases militares más sólidas de toda la Unión. También es la base de los condestables.

—¿Ahí es donde viven los condestables? —preguntó Freddy.

—Donde se reúnen —especificó Alphonse—. Solo unos pocos viven allí. En gran parte, es una instalación militar fuertemente custodiada. Por lo general, hay menos de cien condestables. El resto se encuentra en la Torre Roja o cumpliendo sus propias misiones.

Negué con la cabeza.

—No podemos parar ahí. Seguiremos adelante hasta que lleguemos a un lugar mejor.

—El camino de este túnel nos adentra aún más en el territorio de la Unión —avisó Atenea—. La siguiente parada es la propia Androsia.

—¿La capital? —pregunté, escupiendo la palabra como si fuera venenosa—. ¿Me estás tomando el pelo?

—Me temo que no —murmuró la mujer cognitiva.

—Ya la has oído, Jace —afirmó Abigail—. Podemos seguir este túnel hasta el final, salir cerca de Maelstrom o en el punto intermedio, que sería…

—Cerca del sistema Androsia —terminé—. Sí, lo he pillado.

Contemplé el planeta, dejando que un largo silencio invadiera el aire a mi alrededor. Sin importar la opción que eligiera, el Amanecer Galáctico no dejaría de perseguirnos. Había entrado en el mismo túnel que nosotros, lo que significaba que no importaba lo que decidiera, el resultado final seguiría siendo un enfrentamiento.

—¿Con qué fuerzas cuenta Maelstrom? —pregunté al final.

El ente cognitivo amplió la imagen del planeta y mostró un pequeño grupo de naves.

—Actualmente, las fuerzas enemigas en la región son reducidas.

—Eso es porque no saben que podemos abrir un túnel y sorprenderlos —dijo Freddie.

—En realidad, tienes razón —contestó Alphonse. Se cruzó de brazos—. La Unión tiene a todas las naves de la zona dirigiéndose al punto final de este túnel. Convergirán en ese lugar e intentarán sorprendernos.

—Lo que significa —seguí, entrecerrando los ojos para mirar el planeta—, que lo que tenemos que hacer es salir a Maelstrom el tiempo suficiente para abrir otro agujero en el cielo.

—Suena bastante bien —dijo Octavia.

Asentí.

—¿Cuánto falta para que lleguemos?

—Un máximo de quince horas —respondió Atenea—. Aproximadamente.

—¿Un máximo? —repetí.

La mujer cognitiva asintió.

—He ralentizado nuestro avance para darnos más tiempo. Si es necesario, también puedo detener la nave por completo dentro del túnel.

—No, no vamos a escondernos en este túnel —dije.

—¿Son quince horas tiempo suficiente para prepararse? —preguntó Freddy.

—Lo serán —respondí—. Nos aseguraremos de estar listos.

—Pero incluso con Titán y la Estrella Renegada, apenas tuvimos suficiente potencia de fuego en el último enfrentamiento—dijo Octavia.

Tenía razón. Titán seguía sin disponer de acceso completo a sus armas. Tampoco tenía ni idea de cuántos golpes podría recibir su escudo antes de quedar inutilizado.

—En realidad, capitán, ahora que los sistemas de Titán están parcialmente restaurados, hay algo que podemos hacer para aumentar nuestras probabilidades de supervivencia —dijo Atenea—. ¿Recuerda la nave en la que llegaron la primera vez?

—¿Te refieres a aquella pequeña y triangular? —pregunté, recordando los acontecimientos de hacía unos días, cuando habíamos visitado las ruinas de ese planeta, el mismo día en que habíamos descubierto la verdad sobre aquella luna. Me sentía como si hubiera pasado toda una vida desde entonces—. ¿Qué pasa con ella?

—Esas naves contienen sus propios sistemas de armamento. Hasta ahora, no funcionaban debido a la deficiencia energética de Titán —explicó—. Sin embargo, creo que ahora podrían resultar funcionales, en caso de que considere oportuno usarlas.

—¿Me estás diciendo que tenemos otras naves que podemos usar para luchar? —pregunté, sorprendido de que no lo hubiera mencionado antes.

—Solo debo hacer una advertencia —dijo.

—¿Advertencia? —repetí, mirando a Abigail.

—Hay una trampa —explicó la monja.

—¿Cuál?

La mujer cognitiva dio un paso adelante para acercarse más a mí, levantó un dedo y se tocó la marca azul del cuello.

—Tendrá que recibir su llave.

Capítulo 18

Estaba dentro de la cápsula, con los brazos a los costados. Había espacio más que suficiente para mí, pero aun así sentí claustrofobia. Cualquiera pensaría que, siendo alguien que ha pasado la mitad de su vida en una nave espacial, no me importaría sentirme un poco apretado de vez en cuando, pero puede que el espacio reducido no fuera el problema.

Puede que simplemente no quisiera que un montón de agujas me perforaran la piel.

Sí, lo más probable es que fuera eso.

Le había preguntado a Atenea si el resto de la tripulación podía someterse a aquel tratamiento, pero, por desgracia, como había señalado ella misma, no había tiempo suficiente para sintetizar los compuestos necesarios para hacer las marcas. Solo había lo justo para una persona, ya que el núcleo llevaba poco tiempo operativo. Debido a las limitaciones de tiempo y a que me negué a dejar que uno de mis tripulantes corriera un riesgo que yo no estaba dispuesto a correr, me ofrecí como voluntario para ser el conejillo de indias. Si Atenea podía fabricar otro lote de lo que fuera aquel tratamiento antes de que apareciera la nave de Brigham, Abigail, Freddie y Bolin ya se habían ofrecido como posibles candidatos.

Pero todo eso dependía de si el primer intento era un éxito o no.

«A ver qué pasa», pensé.

—No se preocupe, capitán —dijo Atenea—. El proceso debería ser relativamente indoloro. Experimentará una extraña sensación de hormigueo, seguida de algo parecido a nadar en una corriente de agua fresca.

Levanté la cabeza y miré a la mujer cognitiva.

—Me importa una mierda lo que se siente —dije con franqueza—. Tiene que hacerse, así que sigamos adelante.

Odiaba cuando la gente intentaba hacerme sentir mejor por algo que tenía que hacer. Nada de lo que pudieran decir iba a evitar que sucediera, así que ¿por qué no ponerse manos a la obra?

Atenea me dedicó una sonrisa reconfortante y retrocedió para dejar que la cápsula se cerrara sobre mí. Observé mientras la máquina quedaba sellada, atrapándome en su interior, y luego esperé a que empezara el siguiente paso del procedimiento.

No tuve que esperar mucho. Un gas extraño comenzó a entrar en la cápsula. Olía a patatas, por raro que parezca, o tal vez fuera plástico. Antes de que pudiera seguir discutiéndolo conmigo mismo, sentí un pequeño pinchazo en el hombro izquierdo. Giré la cabeza y vi una aguja brillante de luz dura que me inyectaba un líquido azul en el brazo.

El dolor no duró mucho, fue como un pequeño pellizco. Un segundo después, noté una extraña frialdad que empezó en el hombro y se extendió a lo largo del brazo. Antes de que pudiera reaccionar, sentí otro pinchazo, esta vez en la espalda como antes, seguido de un frescor suave y casi agradable. Luego vino otro pinchazo en la parte inferior de la espalda, luego en el costado y luego en el otro hombro. Los sentí todos a la vez, una docena en medio cuerpo y todos en unos pocos segundos.

Y todo terminó de repente, tan rápido como había sucedido. El frescor del líquido azul se desplazó con facilidad por mi torrente sanguíneo, llenándome de calma, como si estuviera flotando en un arroyo.

Empecé a pensar que aquello podría provocarme cansancio o sueño, pero no fue el caso. Al contrario, me sentí más despierto cuando vi que algo brillaba debajo de mi piel. El resplandor era débil al principio, pero se fue intensificando poco a poco. Después de unos momentos, la luz era más brillante que antes y estaba muy extendida.

El brillo azul se desplazó mientras formaba un patrón en mi piel, creando un diseño intrincado que reconocí al instante, porque lo había visto muchas veces antes. Era el mismo diseño que lucía Lex. Los mismos símbolos que tenía Atenea. De alguna manera, al meterme en aquella cápsula, había empezado a parecerme a ellas.

El proceso solo llevó unos momentos más, mientras el frío líquido azul continuaba moviéndose por todo mi cuerpo, creando más tatuajes. Al final, el resplandor dejó de brillar y la sensación de frescor que sentía acabó por disiparse, así que todo volvió a la normalidad.

La tapa se abrió y me incliné hacia delante para salir de la cápsula, impulsándome con las manos para ponerme de pie.

Atenea se acercó a mí, con una expresión de curiosidad en el rostro.

—¿Cómo se siente, capitán?

Miré hacia un lado para examinarme los brazos y me fijé en los tatuajes. Parecían casi tribales y, de alguna manera, formales. No podía creer que me hubieran colocado marcas tan extrañas y detalladas en cuestión de minutos, por todos los hombros, los brazos y el torso.

—Me siento bien —le dije, después de unos segundos—. No ha estado nada mal.

—Me alegra oírlo —contestó el ente cognitivo—. Si necesita tiempo para descansar, lo entenderé.

Me pasé los dedos por la piel tatuada, pero no sentí dolor ni bultos. Era como si siempre hubieran estado allí

—No —proseguí, mirándola—. Tenemos que terminar de prepararnos para lo que se avecina. Brigham va camino de matarnos a todos. No hay tiempo que perder.

Me senté dentro de una de las pequeñas naves triangulares y observé los mandos por encima. Estaban en un idioma extranjero, uno que no podía leer, ni siquiera reconocer. Sabía que aquel era el idioma de los antiguos porque estaba por todo Titán. No había tiempo suficiente para aprenderlo, así que simplemente tendría que memorizar los controles lo mejor que podía.

—¿Qué botón es el de encendido? —pregunté.

La voz de Atenea intervino a través del comunicador.

—No hay necesidad de eso —me informó.

—¿Qué quieres decir? —pregunté.

—Ponga la mano en el módulo de la interfaz —dijo.

Analicé el tablero frente a mí, buscando lo que quiera que fuera un módulo de interfaz. Estaba a punto de pedir detalles cuando vi un pequeño panel del tamaño de una mano. Alargué la mano y lo toqué, esperando que no pasara nada.

Para mi sorpresa, los tatuajes recién creados en mi brazo comenzaron a brillar. Inmediatamente después, el panel hizo lo mismo y se iluminó de tal forma que coincidió con el color de mi tatuaje.

—Excelente trabajo, capitán —dijo Atenea—. Ha activado la interfaz.

—¿Y ahora qué? —pregunté, manteniendo la mano en el panel.

—Debe imaginar sus órdenes —explicó—. Piense en lo que desea que haga la nave.

«Piensa en lo que quieres que haga —pensé—. Vaya tontería más grande, pero bueno. Vamos, nave estúpida. Iniciar propulsores».

No pasó nada.

—¿Dónde está el truco? Creía que esta cosa escucharía mis pensamientos —dije.

—Mis disculpas, capitán. Debí haber sido más específica —se justificó Atenea—. Intente imaginar lo que le gustaría que hiciera la embarcación, pero debe visualizarlo sucediendo. La interfaz está diseñada para comprender las imágenes mentales y los deseos por encima de todo, pero debe estar centrado y dejar que ocupe el primer plano de su mente.

—Conque visualizarlo, ¿eh?

Me imaginé a la nave encendiendo los propulsores, intentando visualizar cómo podría funcionar el proceso, aunque no sabía absolutamente nada sobre el diseño de aquellos vehículos. Me imaginé aquel cacharro triangular despegando del suelo y...

La nave vibró de repente y emitió un ronroneó constante mientras sus motores cobraban vida con un rugido. Antes de que pudiera reaccionar, nos elevamos de la cubierta y empezamos a flotar en el aire a casi un metro de altura. Lo repentino de la reacción me sobresaltó, pero en el buen sentido, y no pude evitar sonreír.

—¡Eso quería yo! —dije, golpeando el lateral de mi silla.

—Excelente trabajo, capitán —me felicitó Atenea—. Intente desplazar la nave, pero solo unos pocos metros. Tenga mucho cuidado. Después de todo, todavía estamos en el desliespacio. No querrá abandonar accidentalmente la plataforma de aterrizaje.

Si no hubiera sabido que no era posible, habría jurado que el ente cognitivo se estaba burlando de mí.

Imaginé que la nave se desplazaba ligeramente hacia la derecha y visualicé el proceso en mi mente. Mientras lo hacía, el vehículo comenzó a moverse e inclinarse un poco hacia la derecha. Sentí una oleada de emoción, satisfacción por lo que estaba haciendo. Me recordó a la primera vez que disparé un arma, a los siete años. Y a más tarde, nuevamente, cuando di mi primer golpe.

Buenos tiempos.

La nave se sacudió hacia delante de repente, cosa que me sorprendió muchísimo. Aparté la mano de la interfaz, con lo que mis tatuajes y el tablero dejaron de brillar. La nave cayó de golpe contra la cubierta. Mi pecho se estrelló contra el arnés que me sujetaba, lo que me dejó casi sin aire.

—¡Dioses! —exclamé.

—Debe concentrarse, capitán —informó la mujer cognitiva.

—¿Me estás diciendo que, si no me concentro, estrellaré la puta nave? —pregunté.

—Eso es correcto —afirmó Atenea—. Pero no se preocupe. Una vez que domine los controles, podrá volar sin dudarlo. Le resultará de lo más natural.

—¿Y cuánto tiempo suele llevar eso? —pregunté.

—El proceso varía de un usuario a otro, pero lo está haciendo bien —dijo—. Por favor, capitán, no se rinda.

Le gruñí por no responder a mi pregunta, pero lo dejé pasar. Toqué el tablero, visualicé a la nave elevándose del suelo y, un momento después, lo hizo. Los motores se volvieron a encender y una vez más me separaron un metro de la cubierta, donde empezó a flotar en el aire.

Me imaginé moviéndome hacia la izquierda y hacia la derecha, luego hacia delante y hacia atrás. La nave siguió todas mis órdenes, haciendo exactamente lo que yo pretendía. Antes de darme cuenta, estaba volando alrededor de la plataforma de aterrizaje casi vacía, maniobrando despacio en horizontal y en vertical sin muchos problemas. Treinta minutos después del vuelo de práctica, decidí que ya había tenido suficiente y estaba listo para más.

—No tenemos mucho tiempo, Atenea. Creo que deberías enseñarme cómo usar las armas de esta cosa —dije.

—Un instante, por favor —pidió Atenea—. En estos momentos, tengo los sistemas de armas desactivados. Dada su inexperiencia, me pareció prudente desactivarlos para evitar un desastre. Los reactivaré, aunque no serán letales.

—¿No serán letales? —pregunté, un poco confundido por aquella declaración. No alcanzaba a imaginarme lo que eso podría significar.

—Los sistemas de armas de estas naves utilizan una variación de la tecnología de luz dura. Al deshabilitar una de las opciones en los proyectores, solo funcionarán los efectos visuales del arma.

—¿Me estás diciendo que no puedo hacer estallar nada? —pregunté.

—En efecto, capitán —me respondió.

—Maldita sea —dije, haciendo flotar la nave hacia el otro lado de la plataforma—. Y yo que creía que la única forma de dominar esto sería abriendo un agujero en algo.

—Quizá la próxima vez —dijo Atenea.

Ahí estaba ese sarcasmo de nuevo.

En solo una hora, tenía los controles bastante dominados. Podía volar en cualquier dirección, llevar a cabo una pequeña cantidad de maniobras y utilizar con éxito los sistemas de armas.

Unas horas después, llamé al resto de mi equipo y les pedí que se reunieran conmigo en la sala de conferencias. Cuando aparecieron todos, Atenea me dio la señal y dejé la nave en el suelo para ir a reunirme con los demás.

Ahora que tenía las cosas bajo control, nos beneficiaría reagruparnos y discutir el próximo paso.

Entré en la sala de conferencias y decidí quedarme de pie, mientras algunos de los otros ocupaban sus asientos. Llevaba un tiempo sentado en la nave de ataque y las posaderas me estaban matando.

—¿Cómo ha ido? —preguntó Octavia.

—Te he oído chocar con una de las naves unas cuantas veces —dijo Freddie.

Le lancé una mirada amenazadora.

—He tardado unos minutos en dominar los comandos, pero, una vez conseguido, no ha ido tan mal.

—Entonces, ¿podemos empezar los demás? —preguntó Abigail.

—Eso depende de Atenea, ¿no? —respondí.

Atenea ya se había materializado y estaba de pie en silencio a un lado, observando la reunión. Dio un paso adelante y dedicó al grupo una sonrisa amable.

—Tendré lista una dosis más en aproximadamente ocho horas.

—¿No llegaremos alrededor de esa hora? —preguntó Freddy.

—Eso es correcto —confirmó el ente cognitivo.

Maldije por lo bajo. Parecía que, cada vez que dábamos un paso adelante, sucedía algo más que levantaba otra barrera en nuestro camino y nos ralentizaba. Ahora teníamos acceso a otra nave, pero a duras penas podía hacerla volar y no disponíamos de tiempo suficiente para que los demás hicieran la transición. Tendríamos que enfrentarnos a Brigham solo con Titán, la Estrella y una de las pequeñas naves de ataque en nuestro poder, a pesar de que había literalmente cientos de ellas en las dos docenas de plataformas de aterrizaje que albergaba aquella nave del tamaño de una luna.

—Si esto es lo mejor que tenemos —dije, dejando de lado mi propia frustración—, entonces haremos que funcione. Nos hemos visto en apuros peores que este y con menos opciones, y aun así hemos salido del paso.

Bolin levantó un poco la mano y se encogió levemente de hombros.

—Yo perdí un dedo el día que nos conocimos. Aunque no es que me queje.

Octavia miró a Bolin.

—No me digas. Ya me contarás cuando estés en silla de ruedas.

—Está bien —solté—. No todo han sido arcoíris y unicornios. Lo entiendo. Lo que pretendo decir es que hemos sobrevivido… y ninguno de vosotros está muerto. Eso tiene que contar para algo.

—Exacto —dijo Abigail.

Bolín asintió.

—Tienes razón —corroboró el antiguo comerciante. Sonrió—. Mi hija está viva gracias a ti. Es una deuda que nunca podré pagar.

—Todos nosotros estamos aquí gracias a ti, Jace —se sumó Octavia—. A ti, a Abigail y a Lex. Estamos aquí porque creemos en la causa, así que no necesitamos un discurso elegante sobre lo duros que somos o lo lejos que hemos llegado. Lo único que necesitamos es que hagas lo que mejor sabes hacer. Encuéntranos una salida y mata a tantos como puedas en el proceso.

—Maldita sea, Octavia —afirmé, cruzando los brazos—. Ese discurso es mucho mejor que el que tenía planeado. Directo y al grano.

Ella sonrió.

—No te acostumbres. Nunca he sido de las que motivan.

—Supongo que tienes un plan, capitán —dijo Hitchens, que estaba justo detrás de Octavia.

Asentí.

—Ahora que lo mencionas, profesor —dije—, creo que sí, tengo uno.

Capítulo 19

Me senté en el interior de la pequeña nave de ataque triangular, a la espera de que Titán saliera del desliespacio. Sería solo por un corto periodo de tiempo, y luego empezaría el juego.

—Señor Hughes —dijo una voz suave que provenía de la silla que tenía al lado.

Miré a Lex, sentada con los pies colgando por encima del suelo. Me observó con ojos curiosos.

—¿Qué pasa, chica?

Volvió a mirar hacia abajo, casi vacilante, como si no supiera cómo decirlo… o si debería.

—Estás preocupada —dije por fin—. ¿Verdad?

Asintió.

—Has dicho que es peligroso.

Le había contado la verdad hacía solo una hora. Pensé que tenía derecho a saber lo que estaba sucediendo a su alrededor, a las personas de su vida.

—Eso he dicho, ¿verdad? —pregunté—. Pero tú me conoces, ¿no, chica? Soy duro de roer.

—Sí —dijo ella con voz suave.

Vi el miedo en sus ojos. Era el tipo de preocupación que sientes cuando no conoces todas las variables, cuando no puedes hacer una predicción perfecta. El desconocimiento de todo, como cuando ves que el otro tipo saca su arma y no sabes si serás lo bastante rápido. Es ese pavor que sientes antes de que llegue el médico y te hable de tu madre… y aunque ya has repasado la historia en tu cabeza cien veces, aún no sabes con certeza cuánto te impactará la verdad… porque no puedes saberlo.

Entonces Lex me dijo lo que ya sabía que diría.

—Es que no quiero que mueras.

Las palabras me revolvieron el estómago, incluso más de lo que había creído. No porque las odiara, sino porque entendía de dónde venían.

De ese miedo que arañaba el fondo de su mente.

Ambos nos quedamos en silencio un momento.

—Tienes miedo —le dije al final.

Asintió despacio.

Tardé en continuar. No sabía cómo hablar de nada de aquello, sobre todo con una niña pequeña.

—No pasa nada por tener miedo —murmuré—. Los demás también lo tenemos.

—Tú no —susurró ella.

—¿Eso crees? —pregunté, enderezándome en mi asiento. Me aclaré la garganta—. No sabía que podías leerme la mente, niña.

—Nunca tienes miedo, ni siquiera cuando viene la gente mala —dijo, mirándome—. Siempre eres valiente.

Me reí.

—Qué gracioso, yo creía que tú eras la valiente. —Negué con la cabeza—. Me asusto todo el tiempo, Lex.

—¿E-en serio? —preguntó, con una expresión muy sorprendida y los ojos muy abiertos.

—Pues claro —dije—. Cada vez que tengo una misión. Cada vez que estoy a punto de meterme en una pelea. Últimamente, parece que sucede todos los días. A lo que voy es a que todo el mundo se asusta. Es solo un sentimiento, como el instinto. —Respiré hondo—. Pero es algo bueno.

—¿En serio? —preguntó Lex.

Asentí.

—El miedo… te mantiene despierto, incluso cuando estás cansado. Te abre los ojos…, te enseña qué buscar. De alguna forma, el miedo puede ser tu amigo si se lo permites.

—¿Un amigo? ¿De verdad? —preguntó.

—Solo tienes que saber escuchar —dije, tocándome el pecho—. Entender lo que está intentando decirte.

—No sabía que estaba hablando —confesó.

—Pues sí —dije con un asentimiento—. Siempre hay algo, como si fuera una voz en lo más profundo, que dice dónde está el peligro y te enseña cómo seguir con vida. Lo único que tienes que hacer es abrir los oídos y escuchar.

Se quedó allí sentada, mirando el tablero durante un largo rato, asimilando lo que le había dicho.

—Así que el miedo es bueno —dijo por fin, girándose hacia mí—. Puedes tener miedo y no pasa nada.

—Eso es —le confirmé.

—Entonces los dos estamos asustados —me respondió—. Solo tenemos que escuchar.

Asentí.

—Estoy aterrorizado —le dije—. Pero no se lo digas a nadie. Tengo una reputación que mantener.

Se rio.

—¡Yo también! ¡Tengo una reputación!

—Seguro que sí, chica —le repetí, dándole palmaditas en la cabeza, y ambos nos reímos.

—¿Cuál es nuestra situación, Atenea? —pregunté. El momento de la misión se acercaba y yo estaba sentado en mi nave de ataque, con la mano en el tablero, listo para partir.

—Titán está pasando actualmente por el sistema Maelstrom. Saldremos al espacio vacío, a menos de un año luz del planeta, en aproximadamente cinco minutos —respondió—. Un poco más y estaremos muy cerca de Androsia.

—¿Lo habéis oído todos? —pregunté por el comunicador.

—Oído —dijo Abigail, que estaba en el puente de mando de la Estrella Renegada, encargándose de los mandos. Por mucho que me doliera dejar que alguien más pilotara mi nave, ella era la única en quien confiaba para hacerlo—. Frederick y yo estaremos listos. —Hizo una pausa—. Y también Sigmond, por supuesto.

—Correcto —afirmó Sigmond. Estoy a su disposición, señorita Pryar.

—Llevaremos esta luna a un lugar seguro, capitán —dijo Freddie.

—¿Octavia? —pregunté, echando un vistazo a la cubierta desde el interior de mi pequeña nave—. ¿Cómo vais los demás?

—Conocemos el plan —dijo la antigua médico de la Unión—. Alphonse se está preparando para someterse al mismo tratamiento en solo unos minutos. Si es necesario, lo enviaremos contigo.

—¿Estamos seguros sobre lo de ese tipo? —preguntó Freddy—. Parece que dependeremos mucho de él en caso de que las cosas salgan mal.

—Él es el único que puede hacerlo —dijo Octavia—. Ha recibido el entrenamiento adecuado, puede adaptarse rápidamente bajo presión y tiene experiencia de vuelo.

—Relájate, Fred. Esperemos que la cosa no llegue a tanto —dije.

Suspiró, pero se enderezó y asintió.

—De acuerdo. Lo conseguiremos.

—Que no te quepa la menor duda —dijo Abby.

Atenea intervino antes de que pudiera decir algo más.

—Necesitaré al menos veinte minutos para crear un nuevo túnel de largo alcance. Deben hacer lo que puedan hasta que haya pasado el tiempo suficiente. No pueden fracasar.

—Entendido, señora —murmuré—. No la pifiaré. —Luego añadí para mis adentros: «Porque, si lo hago, estoy muerto».

—Iremos al puente de mando de Titán mientras vosotros dos termináis los preparativos —dijo Octavia. Giró en la silla de ruedas y se alejó de nosotros—. Buena suerte.

Hitchens y Bolin saludaron con la mano, ambos se parecían muchísimo desde aquella distancia.

Imité la forma de una pistola con la mano y fingí dispararlos, lo que provocó que Hitchens se agarrara la barriga y se riera. Entraron, junto a Lex, que sostenía la mano de Camilla. Los ojos de Lex se detuvieron un momento en mí antes de que doblara la esquina.

Dejé escapar un breve suspiro y apreté el comunicador de mi oído.

—¿Preparados, Abby?

—Estamos listos, Jace.

—Bien —dije, aclarándome la garganta. Me quedé en silencio un momento, intentando poner en orden mis pensamientos.

—Llegando a destino en quince segundos —anunció Atenea.

«Era demasiado pedir tener un momento», pensé.

Hice crujir el cuello, la columna vertebral, los codos y los nudillos.

—Vamos allá —murmuré, colocando la mano en la interfaz de control del tablero y visualizando mi nave de ataque despegando de la cubierta. Sentí un estruendo debajo de mí y, de repente, estaba en el aire, moviéndome hacia la entrada de la plataforma de aterrizaje.

Floté hacia allí solo un momento antes de que Atenea me diera el pistoletazo de salida.

—Titán ha salido con éxito del túnel de deslizamiento. Por favor, continúe. Buena suerte, capitán —dijo el ente cognitivo.

—Gracias —dije, sacando la nave de la plataforma de aterrizaje rumbo al espacio abierto—. Vamos a necesitarla.

Según Atenea, Titán necesitaría varios minutos para recargar su núcleo casi por completo y luego crear un nuevo túnel de deslizamiento. Para acelerar el proceso, tendría que bajar los escudos y evitar cualquier combate innecesario. Por supuesto, si alguna nave enemiga se acercaba lo suficiente como para representar una amenaza inmediata, levantaría los escudos y Titán eliminaría cualquier amenaza que se le presentara, pero, cuanto más tiempo pudiéramos pasar sin pelear, mejor.

Y ahí era donde Abigail, Freddie y yo entrábamos en escena. Nuestra misión era distraer y ralentizar a las docenas de naves pequeñas y medianas que nos esperaban en los sistemas locales en caso de que atacaran. El Amanecer Galáctico podría acabar siendo un problema una vez que llegara, pero nos ajustaríamos a la situación a medida que esta se desarrollara. Lo único que teníamos que hacer era seguir el plan.

—Atenea —comencé—. Empieza a colocarte en posición. Recuerda, quédate en la atmósfera superior de ese planeta. Concéntrate en recargar el núcleo para que podamos salir de aquí.

—Entendido —dijo la mujer cognitiva.

—Señor —intervino Sigmond—. Estoy detectando múltiples naves entrantes en respuesta a nuestra llegada.

—¿De qué tipo de naves estamos hablando, Siggy? —pregunté.

—Quince naves de ataque de la Unión de tamaño pequeño a mediano —informó la IA.

Toqué el tablero y le dije mentalmente que ejecutara un escaneo rápido del sistema, tal como me había enseñado Atenea. Cuando lo hice, la pantalla de la parte superior del tablero cambió para mostrar una lectura de seis planetas, así como de Titán, la Estrella Renegada y mi ubicación.

Continué analizando la lectura mientras Titán empezaba a alejarse de nuestra ubicación actual hacia el gigante gaseoso al borde del sistema solar. Atenea esperaría allí hasta el último momento posible antes de que llegara el Amanecer Galáctico. Necesitaría todo el tiempo que pudiera para recargar ese núcleo, y yo me aseguraría de que lo tuviera. Cuanta más energía pudiéramos acumular, más nos alejaríamos de la Unión.

Vi a Titán acercarse al gigante gaseoso, hasta que estuvo dentro de la estratosfera superior.

—El núcleo está al cincuenta y cuatro por ciento de su capacidad —informó Atenea—. Iniciando secuencia de carga.

—Naves enemigas acercándose. El tiempo de llegada es de dos minutos y bajando —informó Sigmond.

Le ordené a mi pequeña nave que activara los escudos y lo hizo al instante, sin que yo tuviera que decir una palabra.

—Abby, ¿estás segura de que estás lista para esto? —pregunté.

—¿Yo? —preguntó ella, actuando como si la pregunta la hubiera sorprendido—. Si estuviera en tu lugar, me preocuparía más por mí mismo, pilotando esa pequeña y extraña nave después de tener solo unas pocas horas para practicar con ella.

—Es fácil una vez que le coges el tranquillo —le dije. Me imaginé que la nave realizaba un giro horizontal, y luego lo hizo, seguido de un giro vertical—. ¿Ves? Vuela de maravilla.

—No hay necesidad de presumir —dijo.

Escuché a Freddie riéndose al fondo.

—El capitán es increíble, ¿verdad?

—Siéntate y estate callado, Frederick —dijo Abigail—. Le engordarás el ego aún más si sigues así.

—Perdonen la interrupción —dijo Sigmond—. Han llegado naves enemigas. Me pareció que querrían saberlo.

Examiné el radar y vi varios puntos en el otro extremo del sistema.

—Ya lo habéis oído —les dije a todos—. Hora de trabajar.

Los puntos rojos parpadeantes se acercaban más con cada segundo que pasaba.

Abigail activó el camuflaje de la Estrella Renegada mientras yo escondía mi nave detrás de un planetoide cercano. Aquellas antiguas naves de la Tierra no tenían campos de invisibilidad, que me aspen si entendía por qué, pero, a menos que alguien supiera lo que estaba buscando, eran casi imposibles de detectar con el equipo de escaneo tradicional. Lo mismo ocurría con Titán.

Si hubiéramos podido disimular el túnel del desliespacio, podríamos haber pasado totalmente desapercibidos, pero incluso eso iba más allá de las habilidades de Atenea.

«No son gran cosa —pensé, viendo cómo las primeras cuatro naves llegaban al borde del planeta más cercano—. Tendremos que jugar con lo que tenemos».

Las naves pasaron junto a mi posición y se dirigieron al túnel de acceso por el que habíamos llegado. Mientras lo hacían, di la vuelta a la nave de ataque y apunté a la que estaba en el centro del escuadrón.

Me imaginé a mi nave disparando la misma ráfaga azul que antes, en la plataforma de aterrizaje, y de repente sucedió. La luz salió de mi ala izquierda y viajó a toda velocidad hacia el enemigo.

Con ese impacto, el escudo que rodeaba las cuatro naves se resquebrajó y se disolvió en un segundo, causando la dispersión de las naves enemigas.

—¡Ahora, Abby! —grité.

La Estrella Renegada se hizo visible en el lado opuesto de las naves enemigas y empezó a disparar varias ráfagas de balas, seguidas de los cañones cuádruples.

Antes de que las otras naves pudieran llegar muy lejos, Abby ya se había encargado rápidamente de la primera y la había hecho pedazos. Los cañones de la Estrella Renegada lanzaron un conjunto de misiles, cada uno de ellos apuntando a una nave diferente. Apenas tuvieron la oportunidad de reaccionar antes de que los proyectiles atravesaran sus cascos y las enviaran al infierno.

Puse la mira en la última de las cuatro naves y ordené otro cañoneo. Los proyectiles atravesaron el ala de la nave enemiga, que empezó a girar sobre sí misma sin control mientras el metal se convertía en polvo. Abby aprovechó la oportunidad para continuar su propio ataque, con lo que a la nave en cuestión no dejaron de lloverle disparos. Las balas rociaron el casco en diagonal, lo cortaron como si fuera papel e impactaron contra el motor. La nave explotó en cuestión de segundos en una gran demostración visual de nuestro éxito.

—¡Bien hecho! —le dije.

Antes de que pudiera responder, vi en mi tablero que los otros puntos rojos parpadeaban, lo cual indicaba que la pelea estaba lejos de acabar.

—¡Activad el campo de invisibilidad! —grité—. ¡Tenemos más compañía!

La Estrella Renegada se desvaneció, desdibujándose en la oscuridad del espacio. Seguía detectando su posición con el radar, lo que significaba que sabría con precisión dónde estaría en cualquier momento. Eso facilitaría el obligar a las naves enemigas a colocarse en una posición que le diera ventaja a Abby. Esa era siempre la clave de la victoria. Era imprescindible controlar el campo de batalla.

Había doce señales más que se dirigían hacia mí. Supuse que el primer grupo de naves había sido el más cercano en el momento de nuestra llegada, por desgracia para ellas. Si hubieran esperado al resto, podrían haber durado un poco más.

No mucho más, claro, pero sí un poco. Ese día no habría prisioneros. Si amenazabas a mi nave ya mi tripulación, podías darte por muerto.

Las doce naves restantes se acercaban a toda velocidad, su destino parecían ser las naves destruidas de sus amigos caídos. No podía ni llegar a imaginar la confusión que debía de invadir sus mentes en ese momento.

Pero no tardarían en entenderlo.

Disparé un rayo de energía azul directamente contra la última nave que llegó. Se abrió paso a través del casco y avanzó en dirección a la cabina, dejando un agujero tan grande que podría haberlo atravesado flotando. De alguna manera, la nave consiguió no partirse en dos por completo, pero poco le faltaba.

Los demás enemigos se giraron hacia mí y no dudaron en empezar a disparar y descargar una lluvia de balas constantes. Los disparos pasaron junto al lateral de mi nave y fallaron por un buen trecho antes de que varios impactos acertaran en mi escudo. Mi nave sufrió una sacudida mientras devolvía el fuego con el cañón de rayos y apuntaba a la nave más cercana.

El escuadrón avanzó en mi dirección y se dividió en dos grupos, cada uno protegido tras su propio escudo.

La Estrella Renegada dejó caer el campo de invisibilidad y empezó a cañonear a uno de los grupos.

Decidí que esa era mi señal para tomarla contra el otro.

Llevé la nave hacia delante y me zambullí bajo el escuadrón que se aproximaba. Incliné la nave hacia atrás y disparé una ráfaga directamente contra el centro de su escudo. Para mi sorpresa, la encajaron y el escudo resistió.

Esquivé el fuego enemigo, desplazándome hacia la izquierda, tirando hacia arriba y luego hacia la derecha. Varios disparos impactaron contra mi escudo, pero hicieron muy poco daño.

Aquella era una pedazo de nave.

Envié otra explosión contra el escudo del escuadrón y por fin lo rompí en pedazos y destruí la nave central. El rayo también logró impactar contra el borde de una de las otras naves, evacuando su atmósfera y enviándola dando vueltas a toda velocidad hacia otra nave, con lo que quedaron inhabilitadas de forma efectiva tres de ellas a la vez. Solo quedaban dos de aquel escuadrón, así que la limpieza estaba siendo rápida.

Lo cual también era positivo, porque no había forma de que Abby pudiera encargarse de las otras seis naves de ataque por su cuenta, ni siquiera con la ayuda de Siggy y Freddie. Por mucho que adorara a la Estrella, no era una nave de guerra. Solo podía durar un rato contra tantos…

Antes de que pudiera terminar ese pensamiento, dos de las naves del otro grupo explotaron. La Estrella Renegada voló a través de los escombros, dejando que su escudo desviara los pedazos de metal destrozados. Una explosión surgió de los cañones cuádruples, diezmando dos de las otras naves, de tal forma que solo quedó una atrás.

La última nave empezó a huir e intentó salir del sistema. La Estrella disparó una lluvia de balas que siguieron a la nave mientras escapaba y que al final le dieron en la cola y luego se desplazaron a lo largo de su casco, destrozándola.

Silbé.

—Madre mía, Abby.

—Pareces sorprendido —respondió la monja por el comunicador.

—Puede que un poco —contesté, entre risas.

Un repentino estallido de luz verde chisporroteó cerca, como una tormenta manifestándose. Era la grieta, el túnel de deslizamiento se estaba reabriendo.

—¡Jace! —oí gritar a Abigail.

—Ya lo veo —respondí—. Atenea, ¿cuál es el estado del núcleo?

—En estos momentos, el núcleo de tritio se encuentra al ochenta y siete por ciento —dijo el ente cognitivo.

—Todavía no está —murmuré, girando mi nave hacia el túnel que se estaba abriendo. No tenía claro qué podíamos hacer contra una nave tan poderosa como el Amanecer Galáctico, pero mantendríamos nuestra posición el mayor tiempo posible.

La grieta se abrió del todo y la nave comenzó a emerger. Pude ver el casco, tan enorme como era, con su nombre grabado en el costado en letras doradas.

Oí una voz por el comunicador antes de que el carguero acorazado hubiera emergido por completo.

—Aquí el general Brigham de la flota de la Unión. Capitán Hughes, responda de inmediato.

Me sorprendió escuchar hablar al anciano, ya que no había aceptado la llamada, pero lo dejé pasar. Tuve que recordarme que no tenía a Sigmond para filtrar las comunicaciones.

Me imaginé la cara de Brigham mientras repetía la transmisión. El hecho de que alguien pudiera seguirme hasta tan lejos y continuar teniendo suficientes ganas de pelea escapaba a mi entendimiento.

En mi tablero, apareció una imagen que mostraba a un hombre mayor vestido con el uniforme militar de la Unión. Era Brigham, lo cual me sorprendió.

—Capitán Hughes, responda.

—¿Qué mierda es esta? —pregunté.

Brigham arqueó una ceja ante el tono de mi voz.

—¿Hughes? ¿Has decidido entregarte?

Hice una pausa y dudé de si responder. ¿Por qué podía oírme? ¿Había abierto el comunicador por accidente? Debía de haberlo hecho mi subconsciente. Todavía me estaba acostumbrando a controlar aquella nave, así que a lo mejor lo había hecho sin querer.

Me aclaré la garganta mientras me recomponía.

—General —saludé en tono monótono—. ¿Qué puedo hacer por ti?

Mi pregunta pareció dejar indiferente a Brigham. Actuaba con la frialdad de una piedra.

—Puede rendirse de inmediato, capitán. Hágalo de inmediato y me aseguraré de que su tripulación sobreviva al día de hoy.

—No perdamos el tiempo con esto otra vez —dije, recordando el último encuentro con aquel hombre. Me había hecho la misma oferta y yo no había tardado nada en ignorarla—. Tú quieres a la niña. Yo no pienso dártela. Eso nos pone en una encrucijada.

—En efecto —dijo el general—. Sin embargo, debe entender que mi capacidad supera con creces a la suya. Compare nuestras naves, capitán. El Amanecer Galáctico es la nave insignia de la flota. No tiene parangón.

—Eso es cierto —dije con un asentimiento—. Tú estás pavoneándote con esa bestialidad de nave y yo estoy aquí con la Estrella Renegada. No hay mucha comparación posible.

—Me alegro de que lo vea claro —dijo.

Levanté un dedo.

—Entonces, es bueno que no esté pilotando esa nave, ¿no?

Hizo una pausa mientras fruncía el ceño.

—¿Disculpe?

—Ahora lo verás —dije, y rápidamente ordené a mi nave que comenzara a acelerar. Visualicé que el comunicador se apagaba y la imagen del general desaparecía.

Mi nave de ataque avanzó en dirección al Amanecer Galáctico, seguida por la Estrella. Descargué un cañoneo de rayos sobre la primera sección del casco del Amanecer y dejé una larga marca en el revestimiento de metal. Parecía una quemadura, aunque estaba seguro de que no había infligido mucho daño. Las naves más grandes de la Unión tenían varias capas de placas gruesas, lo que dificultaba atravesar el casco y causar daños graves. Podían salir mejor paradas de la paliza más brutal que cualquier nave de la galaxia, aunque tenía claro que iba a poner esa teoría a prueba antes de que acabara el día.

—El núcleo de tritio está al noventa y uno por ciento —me comunicó Atenea al oído.

Abby acercó la Estrella Renegada e hizo que sus cañones cuádruples lanzaran una tanda de misiles, que impactaron en el mismo lugar en el que lo habían hecho mis rayos hacía un segundo, y se retiró de inmediato. No podía quedar expuesta mucho rato, no sin llamar la atención del Amanecer.

La explosión abrió aún más las placas y ensanchó la grieta del casco. Volví a disparar el cañón de rayos, con la esperanza de infligir el mayor daño posible, sin importar lo pequeño que fuera, en los pocos segundos que teníamos.

Los cañones del Amanecer Galáctico giraron y dispararon más o menos hacia la zona en la que me encontraba, pero, al parecer, no lograban ubicarme con exactitud. Por suerte para mí, todavía no habían descubierto cómo apuntar a las antiguas naves terrestres.

Me lancé hacia delante, acercándome más al Amanecer, casi rozando su casco. Una luz naranja parpadeó muy por encima de mi posición, lo que significaba que sus escudos acababan de activarse. Me había quedado atrapado en el interior, pero eso solo significaba que podía hacer más daño.

Volé todavía más cerca y me quedé flotando sobre el punto ciego que quedaba cerca del centro de la nave, donde los cañones no podían apuntar, y luego procedí a disparar varias ráfagas sucesivas de tiros.

Brigham tendría que tomar una decisión, ya que no podía darme si mantenía la posición. Tendría que dejar caer los escudos y liberar sus naves de ataque más pequeñas o quedarse como estaba y recibir un daño excesivo.

A mí me parecía bien cualquiera de las dos opciones.

Ordené a mi sistema de selección de objetivo que apuntara a la zona del motor, luego disparé mi cañón de rayos contra el casco, que se partió lentamente en dos.

Como esperaba, desactivaron los escudos en poco tiempo. Brigham iba a enviar a sus naves de ataque para que se encargaran de mí antes de que tuviera la oportunidad de destrozar por completo su carguero acorazado, pero era un movimiento ignorante por su parte.

Mi nave contaba con algo más que un simple cañón.

Con el casco abierto, me acerqué e imaginé que mi nave arrojaba una mina, las mismas minas que Atenea me había prestado durante nuestro asalto a Priscilla.

La bomba salió disparada de debajo de mí y acabó en el lugar exacto que yo pretendía: dentro del casco roto.

Me permití sonreír.

—¡Abby, voy a volver! ¡Ve hacia Titán!

—Vamos de camino —respondió ella.

Comprobé el radar y vi el punto azul que representaba a la Estrella Renegada acercándose al gigante gaseoso. Titán estaba al otro lado, aún recargando el núcleo.

Mientras observaba el holograma, un torrente rojo salió de debajo de mi posición. Las naves de ataque, cientos de ellas, empezaron a dispersarse por el espacio. Primero irían a por mí, pero aquello no era una sorpresa.

Conduje mi nave por encima del Amanecer Galáctico, acelerando para pasar entre dos cañones levantados. Ambos apuntaron hacia mí y dispararon sendos torpedos. Me moví hacia arriba y luego hacia los lados para esquivar los proyectiles. Como no podían fijar un objetivo, los disparos continuaron hacia la oscuridad, sin interrupción, mientras yo reseguía el borde del casco de la nave, pegándome a ella.

Las otras naves de ataque empezaron a moverse detrás de mí, siguiendo mi patrón de vuelo. Me quedé lo más cerca posible del Amanecer. Los tiros que no me dieran a mí impactarían contra el carguero acorazado, así que no me permití alejarme demasiado.

Múltiples naves de ataque aparecieron a mi espalda, disparándome por fin desde la retaguardia. Por lo visto, matarme era más importante que la seguridad de su propia nave estelar. Me lo tomé como un cumplido.

Mi embarcación tembló por la explosión que recibió en la parte trasera, pero apenas lo suficiente como para frenarme. No había sido un impacto directo. Otros dos misiles pasaron volando junto a mí y se estrellaron contra el casco del Amanecer Galáctico. Estaba de suerte, ya que eso significaba que seguían sin poder localizarme.

Apagué los propulsores, giré la nave para enfrentarme cara a cara a los atacantes y devolví el fuego. Envié un rayo de energía azul directamente hacia ellos y acabé con seis de las naves de ataque gracias a una sola explosión. Las demás naves que me perseguían se dispersaron como una bandada de pájaros asustados.

Giré la nave de nuevo y dejé ir a las demás. Mi enemigo era más grande que todas ellas juntas y mucho más peligroso. Hice volar la nave muy por encima del Amanecer Galáctico y luego me incliné hacia delante para poder ver el carguero acorazado.

Observé una de las naves más poderosas de la galaxia conocida, que albergaba cientos de naves más pequeñas y estaba dirigida por un general veterano con décadas de experiencia en combate. Cualquiera que mirara desde fuera podría haber pensado que aquella no era una pelea igualada y que yo era un suicida por intentarlo siquiera.

Pero el que controla el campo de batalla gana, y, en aquel momento, era yo el que disponía de la mayor ventaja.

Tenía una puñetera luna.

—¡Atenea, comprobación de estado! —grité.

—El núcleo de tritio está al noventa y cinco con seis por ciento —respondió la mujer cognitiva.

Sonreí.

—¡Será suficiente! ¡Ahora trae ese culo gordo hasta aquí!

—Entendido.

Los cañones del Amanecer volvieron a disparar contra mi posición y lograron golpear mis escudos y sacudir toda la nave. La explosión hizo que diera vueltas sobre sí misma, pero logré reorientarla en unos segundos.

Mi radar detectó otro par de misiles que se dirigían directos hacia mí. Al final, el viejo debía de haber descubierto cómo atacarme.

Fue bonito mientras duró.

Ordené a mi nave que avanzara para alejarme de los torpedos. Estos me siguieron y se acercaron a mi retaguardia mientras yo continuaba. Me di la vuelta, apunté con el cañón, y disparé a ambos proyectiles a medida que se acercaban.

Le di de lleno al primer misil y lo destruí mientras el segundo continuaba adelante. No me daba tiempo a dispararlo, así que tendría que absorber el impacto. Esperaba que mis escudos pudieran soportarlo.

Justo antes de que el torpedo estuviera a punto de alcanzar mi posición, un rayo de luz azul lo golpeó en un lateral y lo hizo explotar. Casi me caí del asiento.

—Por todos los…

—Hola, capitán —dijo una voz por el comunicador.

Una nave apareció en mi pantalla, una que parecía idéntica a…

—¿Alphonse? —pregunté, inclinándome hacia delante—. ¿Eres tú?

En mi pantalla apareció una nueva imagen y vi a Alphonse de cintura para arriba. Él me dedicó un asentimiento.

—Pido disculpas por la demora. Me ha llevado un tiempo acostumbrarme a estos tatuajes.

—No esperaba tu llegada, así que lo consideraré una bonificación —dije.

Él sonrió.

—Yo también, capitán.

—Quédate cerca e intenta que no te disparen, Al. Volveremos a Titán antes de que las cosas se descontrolen.

—Seguiré su ejemplo, señor —dijo.

Giré la nave para quedar de cara al Amanecer Galáctico.

—Una última cosa —murmuré, enviando una orden mental a la bomba que había dejado atrás.

Al instante, el casco del Amanecer Galáctico explotó, arrancando el metal y separando una gran parte de la nave del cuerpo principal. Las luces del Amanecer parpadearon cuando las piezas de la nave se dispersaron por el espacio.

Brigham reaccionó levantando los escudos naranjas del carguero acorazado, pero ya era demasiado tarde para arreglar lo que estaba roto. Le llevaría meses reparar esa enorme nave.

Giré mi vehículo hacia el gigante gaseoso en la distancia, tentando a Brigham a que me siguiera.

Eché un vistazo a mi pantalla holográfica y observé al Amanecer Galáctico mientras me preguntaba si de verdad el viejo seguiría persiguiéndome. Lo cierto era que hasta el momento no había dado ninguna señal de estar dispuesto a parar.

El enorme punto rojo parpadeó y permaneció en la misma posición durante demasiado tiempo para que me sintiera cómodo. Estaba a punto de darme la vuelta y volver a dispararlo cuando el carguero acorazado empezó a moverse por fin.

Tenía que admitir que, incluso faltándole una gran parte del casco, la nave de transporte seguía resultando intimidante. Con suerte, Brigham sentiría lo mismo cuando viera mis refuerzos.

A medida que nos acercábamos al gigante gaseoso, vi que Titán flotaba en el interior de la atmósfera del planeta. La Estrella Renegada estaba justo detrás, esperando su oportunidad para entrar en acción.

El Amanecer Galáctico disparó a Titán usando todos los cañones que le quedaban. Cientos de misiles salieron del carguero acorazado a la vez e inundaron el espacio que había entre las naves.

Me acerqué a la luna con suficiente potencia de fuego pisándome los talones como para cristalizar un pequeño planeta. ¿Estaba Brigham intentando destruir Titán? O era lo bastante inteligente como para saber lo que se requería para dejar fuera de combate a esa nave o era todo lo contrario y estaba intentando destrozarla por completo.

Fuera como fuera, habría apostado todo a que daría igual. El viejo todavía no había presenciado el verdadero potencial de Titán. Estaba a punto de enterarse por las malas.

Alphonse y yo llevamos nuestras naves hacia el interior de la zona de seguridad del escudo de Titán. Una vez allí, escuché la voz de Atenea por el comunicador.

—Activando escudo.

Apenas estaba dentro cuando una pared azul surgió alrededor de Titán y varias bombas chocaron contra ella, creando una onda tras otra a medida que el escudo absorbía las explosiones. Unos segundos más tarde, todos los misiles habían impactado y el escudo seguía resistiendo.

Me permití soltar un breve suspiro de alivio, luego recordé lo cerca que había estado de la muerte y de repente me sentí tenso de nuevo.

—Alphonse, aterriza tu nave y quédate con los demás. Abby y yo estaremos allí enseguida —le dije.

—Capitán, no creo que deba abandonarlo —respondió.

—Estaré justo detrás de ti —le aseguré—. ¿Quieres ser parte de este equipo? Eso significa seguir órdenes.

—Entendido—dijo Alphonse.

Lo vi entrar en las nubes anaranjadas y rojas de la atmósfera del planeta y desaparecer a medida que su nave se acercaba a Titán.

En ese mismo momento, innumerables naves de ataque aparecieron en mi radar mientras abandonaban el Amanecer Galáctico y se dirigían hacia nuestra posición. Titán seguía dentro de la atmósfera superior del planeta, medio oculta a ojos del enemigo.

El enjambre de naves se reunió en un grupo compacto y voló a través del vacío, hacia la posición de Titán, justo como yo esperaba.

—¡Ha llegado tu momento, Atenea! —dije, ordenando a mi pequeña nave que se dirigiera a la parte trasera de Titán y sumergiéndome en las nubes de tormenta—. ¡Enseña a esos malnacidos de qué pasta estás hecha!

—Colocándome en posición y desplegando el rayo de asalto —informó el ente cognitivo—. Por favor, espere.

Titán atravesó las nubes hasta que tuvo a los enemigos a la vista.

El brillo del escudo que rodeaba a Titán se desvaneció y unos cuantos rayos azules se formaron en diversos puntos alrededor de la nave, cada uno varias veces más grande que el de mi pequeña nave. Atravesaron la atmósfera del planeta, surcaron el vacío y desataron la ira de una civilización de dos mil años de antigüedad.

En un suspiro, los rayos azules atravesaron docenas de naves, las convirtieron en polvo y dispersaron al resto. Las pocas naves restantes habían quedado inutilizadas o giraban sobre sí mismas.

Me sorprendió la magnitud del ataque. Nunca había visto algo tan destructivo.

El rayo continuó atravesando naves hasta llegar al Amanecer Galáctico e impactar directamente contra su escudo. La explosión se extinguió al cabo de unos momentos, pero Atenea lanzo otro ataque casi de inmediato.

Titán le dio de lleno al Amanecer por segunda vez, sin darle la oportunidad de contraatacar. Atenea prosiguió con una amplia lluvia de torpedos, bombardeando al Amanecer Galáctico con todo lo que tenía. El carguero acorazado resistió todo lo que pudo antes de que su escudo se desmoronara y se hiciera pedazos como si estuviera hecho de cristal.

Cuando el rayo impactó, resquebrajó una gran parte del casco, astillando la nave pero sin destruirla. La Unión la había construido bien, con múltiples capas de protección reforzadas.

—Siggy, abre la compuerta—le ordené—. Voy a entrar.

—Por supuesto, señor —respondió la IA.

Acerqué la pequeña nave a la Estrella Renegada, justo cuando se abría la bodega de carga. Con poco más que un pensamiento, ordené a la nave que desplegara el tren de aterrizaje, se posara en el suelo y sellara las patas magnéticas.

—Capitán Hughes —dijo Atenea—. Tenga en cuenta que varias naves enemigas se acercan a través del túnel más cercano.

—¿A qué nos enfrentamos? —pregunté, esperando un momento a que la compuerta se cerrara.

—Están llegando dos cargueros acorazados adicionales. Cada uno es equivalente al tamaño estimado del Amanecer Galáctico— respondió ella.

Me detuve al oír el mensaje, sorprendido por un segundo por lo que estaba escuchando.

—¿Has dicho dos cargueros acorazados más?

—Eso es correcto —confirmó.

—¡Atenea, tienes que abrir un túnel y entrar! —espeté, saltando de mi silla. La puerta de la nave se abrió y corrí hacia la bodega de carga de la Estrella Renegada en dirección a las escaleras más cercanas.

—¿Cuál es su hora estimada de llegada? —preguntó Atenea.

—¡Tú vete! —ordené—. Desaparece de su campo visual, vuelve a ocultarte debajo de las nubes y luego abre ese túnel. ¡Nosotros lanzaremos algunas minas para ralentizarlos, pero iremos justo detrás de ti!

Me abrí paso a través de la cubierta superior y llegué el pasillo, por donde seguí hacia la parte delantera de la nave. La voz de Abby llegó por el comunicador cuando entré en el salón.

—¿Jace? ¿Dónde estás? ¿Qué vamos a…?

Abrí la puerta de la cabina y vi a Abby y Freddie mirándome.

—Cambio —dije, haciendo un gesto con la mano.

Abby saltó del asiento para dejarme espacio.

—¡Siggy, quédate cerca de Titán y prepárate para desplegar más minas!

—Entendido —dijo Sigmond—. Bienvenido de nuevo, señor.

—Jace, ¿qué está pasando? —preguntó Abigail.

—Vamos a huir —dije, sin ni siquiera molestarme en abrocharme el arnés—. Hay dos Amaneceres más en camino y estoy bastante seguro de que lo tendremos muy chungo si nos quedamos.

—¿Incluso con Titán?—preguntó Freddy.

—No pienso arriesgarme —le dije, mirándolo—. ¡Y lleva tu culo a la parte de atrás, Fred! A la monja se le da mejor matar. La necesito a cargo de las armas.

—V-vale —respondió mientras se ponía de pie.

Abby se sentó en la silla del copiloto y agarró los mandos de las armas.

La voz de Atenea nos interrumpió.

—Formando un nuevo túnel de deslizamiento.

Estaba a punto de preguntar cuánto tiempo tardaría, pero obtuve la respuesta de inmediato. La grieta comenzó a formarse y nos sorprendió a todos mientras dividía la atmósfera. Nubes anaranjadas y amarillas se arremolinaron alrededor y se oscurecieron a medida que la grieta verde chocaba con ellas.

—Si no lo veo, no lo creo —dije—. Ha sido rápido

—Debe de ser por el nuevo núcleo —dijo Abigail.

—En efecto —respondió Atenea—. Entrando en el desliespacio en diez segundos.

—¿Es seguro abrir un túnel dentro de la atmósfera de un planeta? —preguntó Abby.

—Estamos a punto de averiguarlo —murmuré—. Atenea, sigue adelante. Estaremos justo detrás de ti. —Tiré de las palancas de control y nos saqué de detrás de Titán para alejarnos de la trayectoria de vuelo de la luna—. Siggy, ¿qué tal van esas minas?

—Listos para el despliegue, señor —dijo la IA.

Miré a Abby.

—Atenta a cualquier nave de ataque que envíen en nuestra dirección. Si se acercan mientras estamos desplegando estas cosas, estamos muertos.

—Yo me encargo de eso —me aseguró con un breve asentimiento.

Respiré hondo otra vez mientras veía cómo Titán entraba en el túnel. Solo teníamos unos pocos segundos para colocar las minas antes de que aparecieran las naves enemigas.

Para esto ha servido el plan.

CAPÍTULO 20

DESPLEGAMOS ALREDEDOR DE una docena de minas en un tiempo récord, aunque aquello solo constituía un tercio de nuestro inventario. El Amanecer Galáctico había quedado inutilizado, pero estábamos a punto de tener a nuestras espaldas más potencia de fuego de la que cualquiera de nosotros podía concebir.

Se estaba desatando un infierno a toda velocidad, y sentía el fuego pisándome los talones.

Titán había atravesado el túnel de deslizamiento, esperando que nosotros fuéramos detrás de inmediato. La grieta seguía abierta y sabía que no debía dejar que se cerrara. Nos llevaría demasiado tiempo reabrirla y, para ser sincero, no tenía idea de si podríamos hacerlo en esa atmósfera. Solo tenía que terminar de colocar las minas…

Un túnel se abrió justo detrás del Amanecer Galáctico. De él emergió otro carguero acorazado, que salió de la grieta a la misma velocidad lenta que su predecesor.

No pude evitar abrir los ojos como platos al ver otra nave enemiga tan enorme. «Jodeeeer».

Antes de que pudiera girarme hacia Abby y decir lo que estaba pensando, una tercera nave llegó volando hasta el límite del sistema, y en la pantalla holográfica apareció un punto rojo que no dejaba de pitar.

«Y ahí está la tercera».

—Uy —murmuró Freddie.

—Tú lo has dicho. —Toqueteé los controles—. Siggy, sigamos a los demás. ¡Hay que largarse antes de que se cierre el túnel!

—Entendido —dijo la IA.

Abby no soltó los mandos de las armas. Tenía una mirada muy particular en el rostro, del tipo que decía que estaba lista para morir

169

peleando si era necesario. Aunque no llegaríamos a ese punto. Tenía más claro que el agua que no estaba listo para morir, no allí. No en un lugar como aquel.

El motor de deslizamiento zumbaba en el vientre de la Estrella Renegada, y un rayo que salió disparado desde debajo de la cabina apuntó a la grieta existente cuando esta apareció ante nosotros. Solo llevó unos segundos que el túnel volviera a ensancharse hasta recuperar su tamaño anterior, pero era todo el tiempo que necesitábamos.

A nuestra espalda, varias docenas de naves de ataque volaron en nuestra dirección y fueron directas hacia la zona minada. No era la primera vez que jugaba a aquel juego, así que sabía perfectamente lo que estaba haciendo Brigham. Sacrificaría hasta la última nave si eso significara detenerme en aquel preciso lugar y momento. Era un militar, y eso significaba que todo lo que tenía a su disposición era carne de cañón, siempre que sirviera para alcanzar su objetivo personal. Sus diez mil soldados morirían si eso significaba conseguir el premio…, si eso significaba que podría tener a Lex.

Algunas de las minas explotaron cuando las naves chocaron contra ellas. Las bombas ni siquiera tenían que moverse mucho. Era como si las naves estuvieran intentando detonarlas, como si supieran que aquello era una misión suicida.

Empecé a desplazar la Estrella hacia la grieta, empujando las palancas hacia delante para ayudarnos a entrar.

—Ahora con cuidado —murmuré.

—Date prisa, Jace —dijo Abigail—. No nos queda mucho tiempo antes de que…

Una explosión repentina iluminó la pantalla cuando otra nave chocó con otra mina. Por fin habían despejado el camino. Eso era culpa mía, supuse, ya que solo había logrado dejar un suministro escaso.

Tenía que darme prisa antes de que apareciera alguien más.

—Se aproxima un misil —dijo Sigmond.

—¡A la mierda! —grité, empujando las palancas de control hacia delante tan fuerte como pude e ignorando los protocolos de seguridad para entrar en el desliespacio.

El radar mostró que el misil se dirigía hacia nosotros.

—¡Gira la nave! —me chilló Abigail.

Ya sabía en qué estaba pensando ella, así que no discutí. Hice girar la Estrella, anulando los propulsores mientras continuábamos adentrándonos en el túnel. Cuando estuvimos de cara al misil que se nos aproximaba, ella apuntó y disparó.

Las balas volaron hacia el vacío, sin darle al misil. Lo intentó de nuevo, pero era imposible acertarle a una nave bajo tanta presión, y mucho menos a un misil que no superaba el par de metros.

Por fin, cuando ya estaba bastante cerca, Abby dio en el blanco, acertándole al misil en un lateral y enviándolo a toda velocidad hacia el campo minado. El proyectil se acercó a una de las minas de proximidad antes de enderezarse y reanudar su trayectoria. La mina lo siguió, acercándose al misil mientras ambos se dirigían directos hacia nosotros.

Abby disparó en una zona más reducida, dándole otra vez al misil, pero esta vez con más precisión. El proyectil quedó destrozado por los disparos y explotó a cierta distancia de nosotros cuando empezábamos a entrar en el túnel de deslizamiento, todavía de cara a la zona minada.

Sin embargo, la mina de proximidad continuó avanzando en nuestra dirección, a pesar de que su objetivo había sido aniquilado. Parecía querer seguir adelante y yo no tenía los medios para detenerla.

La bomba nos pasó por delante y entró en el túnel de deslizamiento para desaparecer en la tormenta de rayos verdes. No rozó a la Estrella Renegada por lo que debieron de ser unos escasos diez metros.

Una transmisión irrumpió a través del comunicador justo cuando el resto de mi nave entraba en la grieta. Una voz ronca que me resultaba demasiado familiar ordenó en un tono bastante autoritario:

—¡Enviad todo lo que tengáis! ¡Seguid a esa nave!

El general no debió de pensar en la privacidad, ya que no me costó detectarla a través de mi comunicador. O puede que simplemente no le importara. Puede que quisiera que yo lo escuchara.

Fuera cual fuera el caso, ya estábamos fuera de su alcance, el túnel se cerraba detrás de nosotros. ¿O debería decir delante de nosotros, ya que estábamos desplazándonos hacia atrás? Daba igual. El caso era que por fin nos estábamos moviendo.

—Ajustando el movimiento para compensar la trayectoria —dijo Sigmond.

—¿Eso significa que estamos a salvo? —preguntó Freddy.

—Nunca estamos a salvo —afirmé—. ¿Todavía no lo has entendido?

Dejé que Sigmond hiciera las correcciones necesarias, ya que requerirían más atención a los detalles de la que cualquier cerebro humano era capaz. Microcorrecciones constantes cada milisegundo. Que nadie me lo pida a mí.

—Puede que el Amanecer esté inutilizado, pero esas otras dos naves no tardarán en seguirnos —dijo Abigail. Empezó a apretar las manos en un acto reflejo—. Tenemos que subir a bordo de Titán en cuanto salgamos de este túnel.

Asentí. Con un núcleo de tritio completamente cargado a su disposición, Atenea ya no necesitaba detenerse para recargar energía. Podríamos huir para siempre y, con toda probabilidad, más rápido que antes. O al menos eso era lo que yo esperaba.

—No podemos contactar con Titán desde aquí, así que tendremos que esperar a salir del túnel —expliqué—. Mientras tanto, Freddie, veamos cómo está nuestra otra pasajera. Ya sabes, asegurémonos de que sigue viva.

—¿Te refieres a Dressler? —preguntó.

—¿A quién más me iba a referir? —Me impulsé para levantarme de la silla—. Con suerte, no se habrá muerto de hambre.

Abigail me tocó la muñeca cuando me coloqué entre nuestros asientos.

—¿De verdad vas a dejarla ir?

Me encogí de hombros.

—No nos ha hecho ningún daño. A mi modo de ver, se merece lo que se le prometió. Si salimos de aquí sin problemas, le daré un transbordador y podrá largarse pitando a lo que se crea que es la libertad.

Freddie y yo dejamos atrás el puente de mando y fuimos directos a la habitación de la doctora.

—Ábrela —ordené mientras me detenía frente a la puerta.

—Sí, señor —acató Sigmond, y la puerta se abrió.

Dressler estaba sentada en la cama con las manos cruzadas sobre el pecho, como si no esperara vernos. Se puso de pie de un salto.

—¡H-ha vuelto!

—Lamento haberte hecho esperar, Doc —dije.

—¿Qué está pasando ahí fuera? He intentado hablar con Sigmond durante los últimos treinta minutos, pero no es la IA más charlatana del mundo —dijo Dressler.

—Eso es porque ha estado ocupado centrándose en la pelea. Me sorprende que haya tenido tiempo suficiente para hablar contigo —dije.

—Habría sido de mala educación ignorar a nuestra invitada —intervino Sigmond—. Me disculpo por mi falta de atención, doctora.

Dressler pareció a punto de esbozar una sonrisa antes de reprimirla y mirarme con los ojos entrecerrados.

—Bueno, entonces, ¿le importaría explicar la situación ahora que está aquí?

—Hemos destruido unas pocas docenas de naves de ataque, hemos inutilizado los motores del Amanecer Galáctico para que no pudieran seguirnos y hemos abierto un nuevo túnel antes de que el resto de la flota nos pillara. Ahora mismo, vamos de camino a reunirnos con Titán —dije mientras hacía un gesto desdeñoso con la mano—. Un día rutinario más.

Ella parpadeó.

—¿Ha atacado el carguero acorazado del general Brigham? Sigmond ha mencionado que había llegado, pero lo que dice suena... improbable.

—Cree lo que te dé la gana —dije con un encogimiento de hombros—. En todo caso, ha sucedido, y ahora está ahí solito, intentando pensar en cómo atraparnos. Sin un motor deslizante que funcione, lo va a tener difícil.

Dressler se quedó boquiabierta.

—¿E-está hablando en serio? ¡Si ha atacado al general Brigham, toda la flota de la Unión vendrá a por usted! —Miró a Fred—. ¿Está diciendo la verdad?

Freddy asintió.

—El capitán ha usado una de las naves de ataque de Titán y ha penetrado las defensas de Brigham. Casi se lleva por delante todo el carguero acorazado él solo.

La doctora arqueó una ceja en mi dirección y, durante un segundo, pareció una señal de respeto.

—Me cuesta creerlo.

—Afirmativo —dijo Sigmond—. Si está interesada, puedo reproducir el vídeo del encuentro.

La doctora pareció considerar la idea, pero luego la descartó.

—No, da igual. Teníamos un trato sobre ese transbordador, ¿no? Sonreí.

—Me imaginaba que seguirías queriendo largarte. Claro, puedes quedarte con el transbordador —dije, luego señalé la ventana con la cabeza. A lo largo de las paredes del túnel de deslizamiento, unos remolinos verdes pasaron junto a nosotros—. Una vez que salgamos del desliespacio.

—¿Cuánto tardaremos?

—No tengo ni la menor idea—dije—. ¿Tú qué dices, Siggy?

—Según la longitud aproximada actual del túnel, estimo otras tres horas de vuelo antes de que lleguemos —explicó la IA.

—¿Ves? —le planteé a la doctora—. En menos que canta un gallo, serás una ciudadana libre. Podrás volar de vuelta a la Unión y contárselo todo sobre tus malvados captores.

Ella asintió despacio, como si estuviera reflexionando sobre lo que había dicho.

Me quedé mirándola un momento, a la espera de ver si tenía alguna otra pregunta. No era el caso, así que di un paso atrás. Estaba a punto de despedirme, cuando la voz de Sigmond rompió el silencio.

—Señor, si pudiera prestarme atención. —Me di cuenta enseguida de que su voz procedía de mi comunicador.

Me toqué la oreja y me alejé de los demás.

—¿Qué pasa?

—Detecto un pico de energía en el túnel, delante de nosotros —dijo Sigmond.

—Creía que no podríamos ver a ninguna otra nave —respondí.

—Eso sigue siendo correcto. Sin embargo, aunque no podemos detectar el movimiento, se producen distorsiones de energía…

—Habla claro, Siggy —lo interrumpí.

—Sí, señor. En resumen, cuando un objeto interactúa directamente con los límites del túnel de deslizamiento, crea una vibración que nuestros sensores de largo alcance pueden detectar.

—¿Qué pasa, capitán? —preguntó Dressler, que estaba de pie unos pasos detrás de mí. Casi había olvidado que ella y Freddie estaban allí.

Levanté el dedo índice.

—Espera, Doc —pedí, luego me toqué la oreja—. Siggy, ¿cuál es la causa más probable?

—Según el tamaño de las vibraciones a lo largo de las paredes del túnel, estimo que se ha producido una reacción —dijo Sigmond—. Creo que la fuente es la mina de proximidad que vimos entrar al túnel.

—¿Cómo de malo es eso? —pregunté.

Tanto Dressler como Freddie se acercaron más al oír la pregunta. Casi podía sentir su tensión a mi alrededor. Me hizo sentir claustrofobia, así que hice un gesto con la mano para indicarles que me dejaran un poco de espacio.

—Se desconoce el daño real —explicó Sigmond—. Sin embargo, dada la magnitud del explosivo, es posible que el túnel haya sufrido daños importantes.

Abrí los ojos de par en par al contemplar las posibles repercusiones de lo que acababa de escuchar.

—Mierda —murmuré, girándome para enfrentarme por fin a los otros dos.

—No me lo digas —me pidió Freddie, tragándose el nudo que tenía en la garganta—. No estamos a salvo, ¿verdad?

—Ni por asomo —respondí.

La ruptura en el desliespacio era peor de lo que pensaba.

La onda expansiva causada por la explosión de la mina de proximidad nos golpeó unos minutos después de que Siggy nos informara y casi nos derribó a todos.

Me apoyé en la pared, mientras Dressler se derrumbaba en la cama. En cuanto a Freddie, entretanto, se mantuvo de pie, usando el poste de la cama como punto de apoyo.

—¡Abigail a Jace! —gritó una voz en mi oído—. ¡Te necesito en el puente de mando!

Intenté dar un paso hacia la puerta, pero no me caí de milagro.

—¡No va a ser posible! ¡No puedo moverme!

—Siggy dice que la mina ha explotado —dijo Abby.

—Es probable que haya roto el túnel —grité—. ¡Intenta compensar!

—La compensación es inútil —dijo Sigmond—. Por favor, prepárense para el impacto.

Dressler, Freddie y yo intercambiamos una mirada horrorizada de incertidumbre.

—Tienes que estar de guasa —dije en un tono que sugería que estábamos muy pero que muy jodidos.

Antes de que ninguno de los dos pudiera responder, la Estrella sufrió una sacudida aún más fuerte, como si hubiera estado guardándose la mayor parte de su furia solo para dejar que luego todo se derrumbara. Esta vez, Freddie sí acabó en el suelo, y dio con la cara de lleno contra la alfombra mientras que Dressler daba vueltas en la cama. Yo me quedé de rodillas, usando la pared y el suelo para sostenerme. Sin embargo, no fue suficiente y al final salí volando.

Me estrellé contra Freddie y lo golpeé en la nariz con mi rodilla (pobre diablo). Gritó, y estuve bastante seguro de que vi sangre, pero no podía preocuparme por eso en aquel momento. Existía una buena posibilidad de que todos estuviéramos a punto de morir.

—Entrando en la ruptura del desliespacio —dijo Sigmond, su voz tan firme como siempre. A veces llegaba a odiar la tranquilidad con la que podía comportarse.

La nave siguió temblando, arrojándonos a Freddie ya mí por el suelo y contra la pared, de vuelta a donde estaba antes.

Por un segundo, pensé que la nave podría desgarrarse por dentro, pero las turbulencias pararon antes de que pudiera expresar aquello en voz alta y salimos volando del túnel en unos pocos segundos.

Con suelo firme debajo, me puse de pie, aunque todavía me sentía como si estuviera medio borracho y desorientado.

Me sacudí y, sin decir palabra, salí tambaleándome de la habitación en dirección al puente de mando. Era hora de averiguar exactamente dónde leches estábamos.

Para bien o para mal.

Entré a la cabina y encontré a Abigail con aspecto de estar buscando con desesperación alguien a quien atizarle. Podía sentir la frustración en el ambiente, espesa como la niebla.

—¿Cuál es la situación? —pregunté.

—¿A ti qué te parece? —me espetó, sacando un holograma del sistema estelar en el que acabábamos de entrar—. Estamos varados en mitad de la nada.

—¿De la nada? —pregunté, mirando los siete planetas y los tres cinturones de asteroides—. Siggy, ¿dónde estamos?

—Es incierto, señor —dijo la IA.

—¿Qué quieres decir con eso de «incierto»? —pregunté.

—La disposición de las estrellas no coincide con ningún modelo anterior, ni puedo extrapolar nuestra posición.

Escuché movimiento detrás de mí, pero no tuve que mirar para saber quién era.

—¿Es muy malo? —preguntó Freddie, de pie junto a la puerta. Dressler estaba con él, pero no dijo nada.

—Bastante —murmuré—. Estamos en un espacio desconocido, y dado que hemos entrado en ese túnel sin conocer el destino, es difícil determinar con exactitud dónde estamos. Literalmente, podríamos estar en cualquier lugar, en cualquier dirección.

—¿Sigmond no puede leer el mapa estelar? —preguntó Fred.

—Eso solo funciona si las estrellas coinciden con las que tenemos en la base de datos —dije.

—Correcto —confirmó Sigmond—. El diseño que tenemos ante nosotros es desconocido. No existen registros de él, lo que implica que esta es una región fuera del espacio conocido.

—¿Fuera? —preguntó Dressler, quien por fin había decidido hablar—. ¿Está diciendo que hemos ido más allá del espacio civilizado de la Unión?

—Más que eso —dije, señalando con la cabeza a la estrella amarilla que ocupaba el centro de este sistema—. Si no existe ningún registro, eso significa que nadie ha llegado tan lejos. No estamos en las Tierras Muertas, el Imperio sarkoniano o el espacio de la Unión.

—Pero solo estuvimos en el túnel durante quince minutos —dijo Freddie.

—Es algo propio de los túneles—continué—. La distancia real no importa. Solo importa el desliespacio interior, y no hay dos túneles iguales. Ese era completamente nuevo, gracias a Titán, por lo que no se sabe hasta dónde llega en realidad. ¿Quién sabe dónde hemos terminado?

—Eso no es muy alentador —murmuró Fred.

—¿Podemos volver al interior del túnel? —preguntó Abigail.

—Me temo que eso no será posible —dijo Sigmond—. Según los sensores, ya no hay ningún túnel al que regresar.

Todos nos miramos.

—Siggy, ¿qué quieres decir con que ya no hay ningún túnel? —pregunté.

—No lo sé —admitió la IA—. Los sensores ya no muestran un punto de entrada para el túnel de deslizamiento y carezco de los datos necesarios para llegar a una conclusión determinada.

Abigail se inclinó hacia delante y golpeó el tablero con la palma de la mano.

—¡Teoriza!

—Es posible que el túnel se volviera a sellar momentos después de que la mina explotara —dijo Siggy—. Los túneles del desliespacio ya se han roto antes, pero no siempre permanecen rotos. Además, incluso si pudiera detectar la entrada del túnel, lamento decir que no podríamos usarla. Los daños de la turbulencia suponen demasiada tensión para nuestros motores. No solo el motor desliespacial está desactivado en estos momentos, sino también los propulsores de largo alcance.

—¿Estás diciendo que no podríamos abrir un túnel ni siquiera si tuviéramos uno justo enfrente? —preguntó Abigail.

—En efecto, señorita Pryar —confirmó la IA.

—Genial —dijo Abigail, levantando las manos—. Saltamos de la sartén para caer en las brasas.

Tenía que admitir que Abigail tenía razón. Habíamos escapado del ataque de Brigham por los pelos, solo para acabar en mitad de la nada, rodeados de estrellas desconocidas. Sin un punto de referencia, sería imposible que pudiéramos trazar el rumbo correcto, incluso aunque pudiéramos volver a poner en marcha nuestros motores.

—¿Deberíamos esperar aquí a Titán? —preguntó Freddy. Me miraba con ojos de cachorrito, desesperado por encontrar una solución.

Esperé un segundo antes de responder, sopesando las pocas opciones que tenía.

—Siggy, ¿cómo están tus sensores? —pregunté al final.

—Operativos —dijo.

—Escanea el sistema y busca cualquier cosa que pueda ser útil —ordené

—Ya lo estoy procesando, señor —dijo Sigmond.

—¿Alguna señal de otros túneles de deslizamiento? —pregunté.

—Ninguno dentro de los sistemas de las tres estrellas —respondió Sigmond—. Mis disculpas, señor.

Abigail y yo nos miramos.

—¿Y ahora qué? —preguntó ella, toda la frustración de su voz disipada al fin. Si no la conociera mejor, podría haber dicho que se había rendido.

—No tenemos otra opción —dije, sacudiendo la cabeza—. Tendremos que esperar aquí a que Titán venga a buscarnos.

—¿Crees que Atenea sabe siquiera dónde buscar? —preguntó Freddy.

—Será mejor que esperemos que sí —murmuré, mirando la pantalla holográfica del sistema estelar—. A pesar de lo mal que iban las cosas ahí atrás con Brigham, lo último que queremos es estar varados y perdidos.

—Habla como si le hubiera pasado antes —dijo Dressler.

Asentí.

—No sabes ni la mitad.

Me quedé esperando a que llegaran los resultados de los escaneos mientras Freddie, Dressler y Abigail iban a revisar el motor desliespacial. Dressler era una científica capacitada, así que me pareció que, si alguien de aquella nave podía hacer que las cosas volvieran a moverse, era ella. Solo que no confiaba en la doctora lo suficiente como para dejarla ir sola.

—Señor, creo que he encontrado algo —dijo Sigmond.

—Ponlo en el holo —murmuré.

Apareció una lectura con una lista completa de los planetas y las lunas del sistema. En la mayoría no había vida o eran demasiado inhóspitos como para preocuparse por ellos, a excepción de un mundo de clase cinco que se encontraba en la zona que rodeaba a la estrella.

La clase cinco significaba que tenía una atmósfera respirable, así que era probable que contuviera vida basada en carbono y había bastantes posibilidades de encontrar alimentos comestibles, pero no era lo ideal.

—¿Qué estoy mirando, Siggy? Sabes que no vale la pena aterrizar en uno de clase cinco —dije, recostándome en mi asiento—. Seríamos tontos si lo intentáramos.

—Por supuesto, señor —dijo la IA—. Sin embargo, el planeta en sí no es lo que me interesa.

Arqueé una ceja.

—Entonces, ¿por qué me lo estás enseñando?

—Detecto una transmisión débil, señor —contestó Sigmond.

—¿Una transmisión? —pregunté, más animado—. ¿Es la Unión?

—No lo creo —apuntó Siggy—. La firma es desconocida y está demasiado distorsionada para descifrarla por completo, pero creo que es una petición de auxilio.

—¿De dónde viene?—pregunté.

El holograma hizo zoom sobre el planeta y mostró un paisaje cubierto de hielo, casi estéril.

—De aquí —dijo Sigmond, justo cuando apareció un punto rojo en el globo. En algún lugar bajo el hielo—. Por favor, señor, un momento. Estoy intentando recuperar el mensaje.

Miré el holograma, entrecerrando los ojos. ¿Cómo podía salir un mensaje de un lugar como aquel, tan lejos de un túnel de acceso existente?

—El mensaje parece estar en otro idioma —continuó Sigmond.

—¿En cuál? —pregunté.

El mensaje estalló por el altavoz, una voz entrecortada y llena de estática. Por el sonido, era una mujer.

—Señor, creo que se trata de un dialecto de un idioma de mi base de datos —dijo Sigmond—. El mismo lenguaje que usaban los colonos originales de Titán, aunque este se aleja bastante, hay muchos cambios.

—¿Titán? —pregunté, sorprendido por lo que estaba escuchando. ¿Cómo podía aquella persona estar usando el mismo idioma que la gente de Titán hacía más de dos mil años? ¿Podrían haber acabado allí algunos de los colonos, mientras que los demás supervivientes habían ido en otras direcciones? Era posible, supuse, pero no explicaba la falta de túneles de acceso cercanos o por qué alguien aterrizaría en un planeta como aquel. Por ahí había innumerables mundos habitables que eran mejores.

A menos que se hubieran estrellado, por supuesto.

—¿Puedes traducirlo? —pregunté.

—Creo que sí, señor —dijo Sigmond.

Tomé los controles y comencé a volar más cerca del planeta, sobre todo tratando de mantenerme ocupado mientras esperaba a que Sigmond hiciera su trabajo. Solo tardé unos momentos en poner la Estrella Renegada en órbita, y luego esperé las respuestas.

Después de varios minutos, Sigmond volvió a hablar.

—Reproduciendo la traducción. Prepárese.

La voz femenina volvió a sonar por el comunicador, pero esta vez, habló en un idioma que entendí.

—Atención, este mundo es propiedad de la Tierra. Todas las naves de paso deben evitar la órbita o arriesgarse a ser objeto del sistema de defensa, según el acuerdo de colonización establecido.

—¿La Tierra? —pregunté, incorporándome con brusquedad. De todas las cosas que esperaba escuchar, esa no era una de ellas—. Siggy, ¿estás seguro de que eso es lo que dice?

—No estoy seguro de nada, señor. Es un idioma completamente extranjero. Podría ser una mala traducción, dependiendo de una serie de variables. La palabra «Tierra» podría tener múltiples significados para este hablante.

Esbocé una sonrisa.

—De acuerdo —dije, luego toqué el globo flotante de mi tablero e hice zoom sobre el punto de donde venía la transmisión—. ¿Crees que podrías hacer que aterrizáramos cerca, Siggy?

—Cerca hay un campo pequeño —dijo la IA.

—Bien —dije mientras alcanzaba el arnés. Me lo crucé sobre el pecho y lo abroché—. Sabes que nunca he sido capaz de alejarme de una voz amenazante y siniestra, Siggy.

—Lo sé —coincidió la IA.

—¿Crees que quien envió eso todavía estará viva? —pregunté.

—Detecto señales de vida en todo el continente, muchas de las cuales están cerca de ese lugar —informó Sigmond—. Sin embargo, la interferencia de las tormentas de nieve locales hace imposible un análisis específico.

Sonreí mientras miraba la pantalla holográfica.

—A mí me vale —dije, moviendo la palanca de control hacia delante—. ¿Qué me dices, Siggy? Veamos si podemos conocer a los vecinos.

Nota Del Autor

A veces, el tiempo se nos escapa entre los dedos, ¿verdad? Las últimas seis semanas han sido un caso absoluto. A pesar de una conferencia de escritores en Las Vegas, un caso grave de gripe y el lanzamiento de otro libro, he conseguido escribir y publicar *Luna Renegada*. Sin duda, ha sido el libro más difícil de publicar a tiempo, pero, no sé cómo, todo ha salido bien.

Jace y Abigail han logrado encontrar la fuente de energía que necesitaban para mantener Titán a flote, lo que los ha acercado más que nunca al general Brigham. Sin embargo, han conseguido salir adelante y volver a derrotar a la Unión. No está mal para un renegado y una monja.

La tripulación también ha descubierto la historia de la Tierra, al menos en parte. Era algo que quería compartir desde el principio, pero tenía que esperar a que la historia llegara a ese punto. Sé que muchos lectores se preguntaban cómo la galaxia (y la humanidad) llegaron a ser lo que son, así que me alegro mucho de poder compartir por fin ese aspecto de la historia.

Por último, hay una cosa más que quería tratar en este libro que muchos me han estado pidiendo: la historia de Jace. Hasta la fecha, he evitado hablar demasiado sobre el pasado de Jace porque estaba más interesado en mostrar su presente y dejar que sus decisiones desvelaran su naturaleza. Ahora que ya llevamos algunos libros para ver qué tipo de hombre es, parecía el momento adecuado para profundizar y descubrir cómo empezó Jace su viaje como renegado. Todavía hay mucho más que descubrir sobre su historia, por supuesto, y visitaremos esos recuerdos a su debido tiempo, pero quería compartir una parte de esa historia con vosotros, porque creo que es importante si queremos entenderlo.

Dicho todo esto, espero que hayas disfrutado esta última entrega de la serie *Estrella Renegada*. El próximo volumen saldrá a principios de enero, por lo que no tendrás que esperar mucho. Prepárate para más secretos y revelaciones sorprendentes a medida que llegamos a *Renegados perdidos*, la cuarta parte de esta épica ópera espacial.

Nos vemos pronto, renegados.

J. N. Chaney